OCCIDENTE MEDIO

Nour Lorenzo

Autor: Nour Lorenzo

Diseño de portada: Nour Lorenzo

ISBN paperback : 978-1-7375545-0-9

ISBN paperback: 978-1-7375545-2-3

ISBN ebook: 978-1-7375545-1-6

Para ti, que fuiste y serás mi faro de luz

en las noches más oscuras.

A pesar de todo, de la distancia y de los años.

Inspirado en una historia real

1

13 de junio de 2013

Amman, Jordania.

El avión aterrizó después de cinco horas de vuelo. Eran las siete de la tarde y por la ventanilla, el sol sin prisa se iba con el atardecer. La luz dorada bañaba la pista y las hojas de las palmeras ondeaban con el viento. Mientras observaba aquel lugar, una sensación de miedo e inseguridad se apoderó de mí. El siguiente mes lo pasaría haciendo mis prácticas de medicina en uno de los hospitales de Amman, pero cómo serían mis días allí era aún una incógnita. Un nudo se formó en mi estómago. Respiré profundo. Era demasiado tarde para dar marcha atrás.

Poco a poco, el avión se vació y no me quedó más remedio que salir. Por la rampa llegué a la terminal de aquel aeropuerto que guardaba un gran parecido con muchos otros por los que había pasado. Busqué el cartel de recogidas de equipaje y, siguiendo al resto de los pasajeros, caminé por largos pasillos alfombrados y de luz tenue, entre el murmullo de conversaciones ajenas y el rodar de las maletas de cabina. Como en toda terminal internacional, antes de recoger el equipaje, había que pasar por la zona de aduanas y visados.

Mientras esperaba mi turno, me llamaron la atención las vestimentas y apariencias de la gente de mi alrededor, muy distintas a lo que yo estaba acostumbrada. Muchas de las mujeres se cubrían la cabeza con un pañuelo y vestían túnicas de tonos oscuros que cubrían todo menos sus ojos y las dejaban reducidas a una silueta. La mayoría se escondían detrás de unas gafas de sol, y las que no, llevaban un maquillaje perfecto con los ojos perfilados de negro. En cuanto a los hombres, eran menos y vestían túnicas también. Les llegaban hasta los tobillos y, a diferencia de las de las mujeres, casi todas eran de un blanco impoluto. Algunos las complementaban con un pañuelo de cuadrados rojos y pequeños con un cordón negro alrededor. Más tarde averiguaría el nombre de estos atuendos. El pañuelo que cubre la cabeza de las mujeres se llama hiyab y las vestimentas, *nicab*. Si la túnica cubría toda la cara, se llamaba burka. En cuanto a los hombres, el pañuelo rojo recibe el nombre de *hattah* y, junto a la túnica blanca, es una indumentaria característica de Arabia Saudí.

Por otro lado, estábamos los viajeros occidentales. Había los típicos mochileros, con su aspecto descuidado, que cargaban con mochilas enormes y llevaban las botas de montaña atadas colgando por fuera. Me imaginé sus pasaportes llenos de sellos y me pregunté de dónde vendrían o a dónde irían. Quizás regresaban de Birmania o Indonesia o de algún otro país exótico. O a lo mejor venían de su casa, aunque, por su apariencia, parecía que llevaban varias semanas vagando por el mundo. Había parejas, seguramente de luna de miel, que tenían un comportamiento más o menos acaramelado y parecía que iban en busca de vivir su amor de *Las Mil y una Noches*. Y en el último grupo, encontré a los que viajaban solos y se refugiaban en la pantalla del móvil, como yo. Me pregunté qué pensarían de mí.

Tras poco más de quince minutos esperando en aquella fila, llegó mi turno con el señor del visado. Sin complicaciones, sin apenas preguntas, y veinte dinares jordanos después, estampilló una de las muchas páginas vacías de mi pasaporte. Por lo visto, aquel sello equivalía al visado.

—*Welcome to Jordan*! —dijo con una breve sonrisa—.

¡Siguiente! —Con un ademán llamó al que estaba detrás de mí, sin darme tiempo a responder.

«Un paso más para empezar la aventura», pensé, y bajé las escaleras mecánicas en dirección a la recogida de equipajes. Respiré tranquila cuando vi aparecer mi maleta, con su característico lazo rojo, en la cinta transportadora. Lo de ponerle un lazo había sido un consejo que me había dado mi padre años atrás para que no la confundiera con la de otro pasajero. En más de una ocasión me había sido de gran ayuda. Busqué la puerta de salida y me dirigí hacia ella a pasos pequeños, intentando retrasar aquel momento. Al otro lado estaría Mohammed. Tenía ganas de conocerlo en persona, pero no podía evitar estar nerviosa.

Mohammed era el estudiante de Medicina que tenía asignado como guía durante ese mes y nos habíamos estado comunicando por *emails* y por Facebook durante todo ese tiempo. Me había ayudado en el proceso burocrático y también me había dado «consejos para extranjeros», como él los había llamado, y que consistían sobre todo en consejos de atuendo y códigos de conducta. Además de orientarme en ese tipo de cosas, debía recibirme en el aeropuerto y ayudarme en los primeros días con cualquier cosa que necesitase.

Mientras caminaba hacia la salida, me recordé a mí misma uno de esos códigos de conducta: debía de saludar solo con un apretón de manos, nada de besos. Estaba acostumbrada a España, que solemos darnos un beso en cada mejilla y, con el cansancio, los automatismos me podían jugar una mala pasada y llevarme a una situación incómoda. Cogí aire y crucé la puerta de «Llegadas», que tenía unas barandillas metálicas formando un pequeño pasillo. He de reconocer que me incomodaba ese momento. Aunque solo fuera por unos segundos, sentía que las miradas de quienes esperaban se clavaban en mí y no me gustaba ser el centro de atención.

Entre todos los que estaban allí busqué a Mohammed, que me dijo que llevaría un cartel con mi nombre. Afortunadamente no me fue difícil reconocerlo. En realidad, no me hubiera hecho falta cartel alguno. Mohammed tenía una apariencia característica, y con las fotos que había visto en su perfil de Facebook me hubiera bastado. Era un chico alto, de casi 1,95 metros y al que le sobraban varios kilos. Tenía una mirada afable, la cara redonda y una barba tupida. Vestía un chándal rojo y sobresalía entre la gente. Tenía aspecto cansado, pero se le iluminó la cara al verme. Me pregunté cuánto tiempo llevaba esperándome.

Con una sonrisa y un apretón de manos, me recibió. Se apresuró a coger mi maleta. Le di las gracias y seguí sus pasos largos hacia el aparcamiento, que estaba al salir de la terminal y al aire libre.

La brisa era cálida y ya había anochecido. El aparcamiento tenía palmeras por todos lados. Caminamos entre los coches aparcados hasta llegar a un Toyota Camry negro. Abrió la puerta del copiloto, invitándome a entrar, guardó la maleta en el maletero y entró en el coche, que tembló por unos segundos. Mohammed era enorme y tenía que inclinar el asiento del conductor hacia atrás para poder sentarse y poder conducir con cierta comodidad. Definitivamente, aquel coche era de una talla menos que él. Encendió la radio y se puso a cantar; al parecer era una de las canciones del verano y tenía un ritmo pegadizo. Sonrió y se puso en marcha. Salimos de aquel aparcamiento y, poco a poco, me relajé. Mohammed parecía buena gente.

Después de una media hora de autopista distinguimos las afueras de Amman en el horizonte y no tardamos en adentramos en la ciudad. La avenida por la que circulábamos no tenía líneas de separación entre carriles, y los coches se orientaban unos a otros a golpe de claxon. Además, apenas había semáforos y menos aún pasos de cebra. Me explicó que el tráfico era así y que, en casi todas las calles, los peatones tenían que mostrar decisión a la hora de cruzar y lanzarse, esperando que los coches parasen. Me pareció peligroso y me sorprendió la poca seguridad vial de aquella ciudad. Tampoco había aceras y, en muchos tramos, los caminantes tenían que ir por el arcén. Por otro lado, las calles estaban bastante iluminadas y la mayoría de las casas tenían un color beige marrón, como pintadas con la arena del desierto. También me fijé en los carteles de los comercios, escritos en letras árabes e ininteligibles para mí. De entre todos, me llamó la atención un cartel publicitario de Coca-Cola que no hubiera descubierto a no ser por el famoso logotipo de la marca. Aquel abecedario era realmente distinto al nuestro.

Durante el trayecto, Mohammed me explicó curiosidades y contestó a mis preguntas antes de que yo las formulase. Parecía leerme la mente y saber qué me llamaría la atención. Tal vez no era la primera estudiante que pasaba por allí y mi curiosidad fuera más que predecible. Siguiendo con su buena hospitalidad, insistió en invitarme a cenar a algún sitio emblemático. Me llevó al centro de Amman o Downtown, una de las zonas más turísticas y representativas de la ciudad. Había mucho ambiente y la calle principal estaba llena de gente. Para mi sorpresa, casi todos eran hombres y las pocas mujeres que había estaban acompañadas por sus maridos y vestían túnicas oscuras que las cubrían casi al completo.

—Esta es la parte antigua de la ciudad y, aunque sea bastante turística, es una de las zonas más conservadoras —dijo Mohammed, que me leyó la mente una vez más.

Aparcó un par de bloques antes de llegar a la calle principal. Caminamos un par de minutos, acercándonos al bullicio. Parecía que allí se concentraba toda la vida de la ciudad. Aunque ya eran las nueve de la noche, el mercado seguía abierto y había mucho movimiento. Los turistas se mezclaban con los locales en una mezcla heterogénea. Estos parecían acostumbrados a los extranjeros, aunque se les escapaban miradas curiosas, sobre todo hacia las mujeres occidentales vestidas con ropa más reveladora. La calle estaba llena de tiendas de *souvenirs*, la mayoría pequeñas, y los vendedores apostados en la entrada invitaban a entrar a todo aquel que pasaba por delante de sus escaparates. Había muchos restaurantes también, con terrazas llenas de locales y de turistas que cenaban. El ruido de la gente y los olores de las especias envolvían el ambiente.

Mohammed eligió uno de los restaurantes más famosos de la ciudad, un local de apariencia humilde, pero que gozaba de gran prestigio. Presumía de este con fotos de clientes famosos colgadas en las paredes, como el rey de Jordania, que sonreía con el que quizás fuera el dueño del restaurante. Nos sentamos en la terraza. Las mesas con sillas de plástico blancas me recordaron al mobiliario de los chiringuitos del sur de España.

El restaurante estaba especializado en falafel, una de las comidas más populares de Jordania, y que era algo parecido a una croqueta de garbanzos con especias. Este se servía dentro de un pan plano y redondo, típico de allí, llamado pan de pita. Nunca había probado ese tipo de comida y, para mi sorpresa, estaba deliciosa. No dejé ni rastro del bocadillo y Mohammed sonrió satisfecho al ver lo rápido que me lo comí.

Mientras esperaba a que él se comiera su tercer bocadillo de falafel, observé a mi alrededor y me fijé en lo distinta que era Amman comparada con mi ciudad. Me sentía extraña allí, pero, de alguna manera, acogida también. Percibía una familiaridad inesperada, como si tuviera más cosas en común con aquel lugar de las que creía, a pesar de las distancias y de las diferencias culturales. Tenía ganas de explorar aquel país y de exprimir al máximo esa experiencia que el destino me había regalado.

Después de cenar, dimos un pequeño rodeo por el mercado, pero paramos poco tiempo, se hacía tarde. Además, había sido un viaje largo y estaba agotada. Regresamos al coche y nos pusimos dirección al apartamento. Por el camino seguí observando las calles, los edificios, la gente... Todo despertaba mi curiosidad. Nos alejamos del ruido y llegamos al que sería mi barrio, mucho más tranquilo y moderno que el Downtown.

Mohammed giró a la derecha y entró en una calle residencial con árboles y coches aparcados a los lados. Estaba desierta. La recorrió a ritmo lento y se detuvo casi al final de esta, habíamos llegado. Aparcó y me ayudó con el equipaje. Señaló el edificio mientras se dirigía a este. Lo seguí unos pasos por detrás. La puerta del portal estaba entreabierta, así que Mohammed la abrió de un simple empujón. La entrada era oscura y estrecha, encendió la luz que apenas alumbraba un pasillo de azulejos grises y apariencia tétrica. Me alegré de que estuviera allí conmigo. Lo recorrimos en silencio hasta llegar a la penúltima puerta a la izquierda. La abrió y encendió la luz, invitándome a entrar. Me sorprendió lo pequeño que era el estudio y que, a pesar de su reducido tamaño, tuviera tres camas. Entendí entonces que no era solo para mí y que lo compartiría con dos personas más. Sabía que iban a venir otras chicas extranjeras, pero no sabía que compartiríamos piso. Me preguntaba cómo nos moveríamos en esos treinta metros cuadrados. Aquello era más una habitación que un apartamento y cumplía función de todo y de nada a la vez.

Dejé mis cosas en un rincón y elegí la cama de la esquina, que era la que más privacidad tenía. Me dio las llaves del apartamento y me explicó los horarios del edificio. Por lo visto, el portal principal cerraba a las diez de la noche y abría a las ocho de la mañana; fuera de ese horario debería entrar y salir por el garaje. También me habló de otros detalles de aquel barrio, desde dónde encontrar wifi, hasta dónde comprar y coger el taxi por las mañanas para ir al hospital. Se le cerraban los ojos de sueño, y a mí también.

—¿Tienes alguna duda? —dijo mientras reprimía un bostezo—. Bueno, cualquier cosa me llamas, ¡tienes mi número! —prosiguió mientras se acercaba a la puerta—. *Layla Saida!* — Me deseó «buenas noches» en árabe.

—Muchas gracias por todo. Creo que no tengo dudas — contesté, resistiéndome a no bostezar yo también.

—Mañana paso a recogerte a las siete de la tarde. Nos vamos a juntar varios de los estudiantes del grupo para tomar algo — sonrió—, ¡todos tienen ganas de conocerte! —dijo antes de cerrar la puerta.

Sus pasos se fueron apagando por el pasillo y la noche se quedó en silencio. Le puse el pestillo a la puerta. Fui al baño y me asomé al pequeño espejo que había encima del lavabo. Tenía las ojeras marcadas y el gesto cansado, me hacía falta dormir. Abrí la maleta buscando el pijama. La ropa estaba fría y tenía esa humedad característica de cuando viajaba de casa a otro lugar. Era como llevarme una parte de Asturias conmigo. Me quité la ropa, la tiré en el suelo y me di una ducha caliente tan rápida como el hilo de agua que salía me lo permitió. Me metí en la cama y me acurruqué debajo de la manta. Cerré los ojos y me imaginé a mi madre abrazándome. La echaba de menos. Antes de apagar la luz, me fijé en la ventana, que tenía las persianas bajadas. Era la primera vez que veía persianas fuera de España. El agotamiento me hizo caer en un sueño profundo, sin tiempo a extrañar mi cama.

2

El rojo del atardecer combinaba con las fachadas tostadas de los edificios. Desde la ventana se apreciaba la calle vacía y el viento suave acariciaba las ramas de los árboles. Reinaba la calma. A lo lejos se oía el eco del imán llamando a la oración, uno de los sonidos característicos de aquella ciudad.

Mohammed estaba a punto de llegar y, como siempre, me arreglaba a las carreras. No sabía muy bien qué ponerme, aún no entendía del todo qué ropa era socialmente aceptable y tenía miedo de vestirme de manera inapropiada, causando una mala primera impresión. Al final, tras descartar varios conjuntos de ropa, me decidí por un vestido negro largo hasta el suelo y una chaqueta vaquera que me cubría los brazos. Algo así no podía fallar.

Según terminaba de maquillarme, recibí un mensaje de Mohammed diciéndome que había llegado. Eran las siete en punto. Me puse las sandalias y, con prisa, salí de casa. Estaba aparcado en doble fila y sonrió al verme. Se bajó del coche para saludarme y abrirme la puerta. Esta vez iba más arreglado, con unos vaqueros oscuros y un polo azul que acentuaba su barriga. También llevaba el pelo cuidadosamente engominado para atrás y la barba recién afeitada.

Por el camino, igual que el día anterior, contestó a todas mis preguntas y me explicó más cosas de aquella ciudad y del hospital en el que haría las prácticas. Entre todo, lo que más me sorprendió fue la diferencia en el calendario laboral: los domingos equivalen a nuestros lunes y el fin de semana empieza los jueves por la tarde.

Aparte de hablar de Amman y el mundo jordano, también nos dio tiempo a hablar de España. A Mohammed le encantaba el fútbol y era un gran fan de la liga española, sobre todo del Real Madrid. Descubrí que se sabía mejor que yo qué equipos jugaban en primera división y sus alineaciones. También recordaba cuáles habían descendido a la segunda categoría la temporada anterior. Incluso conocía el equipo de fútbol de mi ciudad, el Real Sporting de Gijón, y todo porque había empatado un par de años atrás con el Real Madrid. Me llamó la atención la influencia que ejercía el fútbol español en un lugar tan lejano.

Llegamos al barrio de Abdoun, uno de los más modernos de Amman y que no tenía nada que ver con el Downtown. En ese barrio estaban las embajadas y consulados, así como los hoteles más importantes. También había restaurantes y bares donde se vendía alcohol. Según Mohammed, era un pequeño occidente en la ciudad.

Aquella noche habíamos quedado en El Seven Bottles, uno de los locales de moda. Una fila de gente esperaba en la puerta, parecía que tenía el aforo completo. Por suerte, no era muy larga y apenas había diez personas delante de nosotros. Me fijé en ellas mientras avanzaba la fila. La mayoría tendrían entre veinte y treinta años y, por su apariencia, podrían mezclarse sin desentonar en la noche gijonesa o madrileña. De hecho, algunas de las chicas vestían ropas que mi madre encontraría demasiado provocativas. Era muy interesante observar los contrastes en aquella ciudad.

No tardamos mucho en pasar y pronto entendí por qué aquel era un bar de moda. Al entrar, había un patio interior con mesas que rodeaban una fuente de piedra blanca; las paredes, del mismo color, estaban llenas de plantas colgantes; y palmeras en macetas gigantes adornaban las esquinas. Era un lugar muy bonito. Sonaba Rihanna y el ambiente destilaba alegría; todos disfrutaban el inicio del fin de semana. Entre toda esa gente, en una mesa al fondo, estaba nuestro grupo de estudiantes; eran unos diez. Parecía que éramos de los últimos en llegar.

—¡Están casi todos! —exclamó Mohammed mientras se dirigía hacia ellos levantando los brazos.

Un nudo se me formó en el estómago. Siempre me costaba ser yo misma y encontrar tema de conversación en un grupo en el que no conocía a nadie. Además, hacerlo en otro idioma se me hacía aún más complicado. Uno a uno, Mohammed me presentó a todos, que me recibieron con sonrisas. La mayoría de sus nombres eran nuevos para mí y entre nervios y la música, los olvidé tan pronto como terminaban de pronunciarlos.

Aquel grupo estaba formado por varios estudiantes extranjeros, de intercambio como yo y los locales, compañeros de facultad de Mohammed. Todos los jordanos participaban en el programa de intercambio y serían guías y responsables de que nuestra experiencia durante aquellas cuatro semanas fuera perfecta y sin incidencias.

Nos sentamos en una de las esquinas libres de la mesa. No sabía lo que bebían y, cuando vino el camarero, por miedo a desentonar, pedí una limonada en vez de un cóctel. La conversación fluía entre ellos, y todos parecían tener cientos de cosas en común o de las que hablar. En cambio, a mí, me costaba seguir sus conversaciones y bromas. Muchas veces, cuando se reían, aunque no supiera muy bien el porqué, yo también me reía. Lo hacía por vergüenza y para disimular mi falta de comprensión. Otras, era evidente que no sabía de qué hablaban y ellos, con paciencia, lo repetían y me lo explicaban hasta que lo entendía. Por suerte, había una chica chilena, Sofía, y se convirtió en mi traductora oficial aquella noche. Congeniamos muy rápido y no tardó en contarme su vida. Había nacido en Santiago y cuando apenas tenía cinco años, emigró con su familia a San Diego. Había vivido toda su vida en California hasta que se mudó a Chicago para estudiar medicina. Sofía era bajita y morena, de sonrisa sincera y ojos verdes. Había heredado los rasgos árabes de su abuelo, que había sido un refugiado palestino huido a Sudamérica en los años cincuenta.

Al cabo de un rato, llegó otro de los estudiantes locales. Era un chico alto y atlético, tenía el pelo corto negro y rizoso, la barba perfecta y unas cejas gruesas que enmarcaban su mirada. Su piel morena, bañada por el sol, contrastaba con su camisa blanca. Llevaba los dos botones de arriba desabrochados dejando su cuello y un poco del torso al descubierto. Me recordaba a los chicos del sur. Sin saber por qué, sentí una fuerte atracción.

Saludó a todos, uno a uno, con abrazos o apretones de manos. Empezó por el lado de la mesa más cercano a la entrada, el opuesto a donde estaba yo. Todos se alegraban de verlo. Parecía ser bastante popular. Lo observé de reojo, esperando a que alguien nos presentara. Cruzamos una mirada que duró justo lo suficiente para saber que él también se había fijado en mí.

Sofía, que había llegado una semana antes, ya lo había conocido y se habían hecho muy amigos. Se dieron un abrazo. Ella estaba a mi lado y nos presentó. Esta vez no me costó recordar su nombre: Yazid. De cerca, sus ojos eran aún más hipnóticos, me puse nerviosa. Su presencia era imponente, parecía haber salido de un anuncio de perfumes.

—*Welcome to Jordan!* —sonrió mientras me miraba fijamente—. ¿Qué tal ha sido tu llegada?

Su voz era grave y varonil, a juego con su apariencia. Esperaba que el lenguaje no verbal no me traicionase. Intenté concentrarme en la conversación y en el inglés, ignorando la atracción que sentía. Hablamos de Amman y un poco de nosotros también. Me explicó que él acababa de terminar la carrera de Medicina y que era de los mayores del grupo.

Yazid era muy simpático e insistió en invitarme a una bebida. No sabía muy bien si aquello era una muestra de hospitalidad o si significaba algo más, pues ninguno de los otros jordanos lo había hecho, pero acepté su invitación. No esperó a que el camarero viniera a nuestra mesa y, cuando me di cuenta, lo acompañaba del brazo rumbo al interior del bar.

La música estaba alta y apenas se podía mantener una conversación. Había mucha gente y la mayoría bailaba en grupos. Esquivamos la multitud como pudimos para llegar a la barra del bar. Yazid se acercó a mí para preguntarme si me apetecía algo en especial, y su perfume me envolvió. Un olor único y desconocido que me hizo sentirme aún más atraída por él. Contesté con un gesto como el que no sabe qué decir. Solo podía concentrarme en su perfume. Sonrió y se dio la vuelta. Me quedé sin saber muy bien qué hacer, mirando alrededor. Todos parecían estar pasando un buen rato y bailaban muy cerca unos de otros. Cualquiera diría que estaba en un país de Oriente Medio.

Unos minutos después me acercó un coctel de color azul, llamado «Azraq», que significa «azul» en español. Regresamos a la terraza con el resto. Yazid iba delante, abriéndose paso entre la gente. Me agarraba de la mano con naturalidad, pero me soltó justo antes de salir para que nadie pudiera ver el gesto. Llegamos a la mesa y nos recibieron miradas curiosas, especialmente de las jordanas. Quizás estuvieran celosas. Sofía, que hablaba con una de ellas, me miró de reojo, pero no dijo nada. Sin saber muy bien cómo interpretar la situación y las reacciones, decidí ignorarlas.

El resto de la noche pasó tranquila. Yazid y yo cruzamos más de una mirada, pero apenas hablamos entre nosotros, solo por medio de las conversaciones en grupo con los demás. Sentí que me iba soltando con el inglés, aunque aún estaba muy lejos de expresarme como yo quería. No podía ser yo misma del todo. Me preguntaba qué primera impresión les habría causado.

Apenas eran las once de la noche cuando empezamos a despedirnos; allí la vida nocturna termina mucho antes que en España. Yazid se acercó y me dio un abrazo.

—Encantado, Lola —me susurró al oído—, nos vemos pronto. —Y como si nada, se despidió del resto.

Su perfume se quedó en mi nariz hasta la mañana siguiente. Mohammed nos llevó a Sofía y a mí a casa, ya que su apartamento estaba en el bloque de al lado del mío. Ella había tenido más suerte y el suyo era de una cama solo. No me imaginaba lo pequeño que era, pero, al menos, era solo para ella. Aunque, a decir verdad, me hacía ilusión compartir apartamento con alguien más. Tenía curiosidad y ganas de conocer a mis futuras compañeras. Según Mohammed, una era de Suecia y otra de Noruega. Nunca había conocido a nadie del norte de Europa y sería interesante.

Me puse el pijama y me metí en aquella cama estrecha pegada a la pared. En la penumbra, antes de dormir, me quedé pensando en Daniel y me temí a mí misma.

3

Era jueves por la tarde y empezaba el fin de semana. Después de terminar en el hospital, y antes de quedar con el resto del grupo, Harita, Sofía y yo fuimos a Rainbow Street. Tenía muchos restaurantes y tiendas, y era una de las calles más populares de Amman, sobre todo para los turistas. Estábamos hambrientas y siguiendo las recomendaciones de Mohammed, compramos un bocadillo de falafel en Al-Quds. Era un local muy pequeño y tradicional. Desde la ventana se podía observar cómo freían los falafeles en una fuente enorme de aceite hirviendo. Recorrimos la calle a paso lento, mientras nos comíamos el bocadillo y veíamos los escaparates de las tiendas. Aún era pronto y, para hacer tiempo hasta la hora de quedar con los jordanos, entramos en el café de Sufra a tomar un té helado. Tenía una terraza en el piso de arriba y elegimos sentarnos en unos sillones mirando al Downtown. Las vistas eran preciosas.

Desde el primer día que nos conocimos, las tres íbamos juntas a todos los lados. Elsa, la cuarta del grupo, hoy no había venido. Solía unirse a nuestros planes, pero esa tarde había quedado con su recién estrenado amor jordano. Éramos muy distintas las unas de las otras, pero aun así nos complementábamos muy bien y formábamos un buen cuarteto. Nos gustaba explorar la ciudad juntas. Me sentía afortunada de poder compartir con ellas aquella experiencia.

Harita era noruega de raíces hindúes, pues sus padres habían emigrado del norte de la India, cerca de Kashemir, apenas cuarenta años atrás. Aunque se hubiera criado en un país de mentalidad abierta, aún estaba limitada por la herencia cultural de sus padres y del sijismo. Una religión minoritaria, muy tradicional y de valores férreos que, desafortunadamente, sus padres seguían al pie de la letra. Querían que Harita se casase con un chico de su misma religión, lo cual limitaba en gran medida sus opciones, en Noruega apenas había sijes. De sus valores, me llamó la atención su culto al pelo, considerado un regalo de Dios y que, como buen regalo, no se podía despreciar. Por ello, tenían prohibido cortárselo y los hombres lo escondían bajo un turbante. Aparte de su religión exótica y desconocida para mí, lo que más me había impresionado de Harita era su inteligencia. Tendría, como yo, unos veintipocos, pero ya había recorrido los cinco continentes y tenía que usar los dedos de las dos manos para contar todos los idiomas que hablaba. Tenía la piel aceitunada y su pelo liso le cubría casi toda la espalda. Entre sus manías estaba la de dormir con el aire acondicionado muy fuerte. Quizás echase de menos el frío de Noruega o le gustase acurrucarse debajo de la manta. Pero a mí se me quedaba fría la nariz, y todas las noches negociábamos la temperatura. Odiaba el aire frío y seco de aquel climatizador. Por otro lado, estaba Elsa, sueca cien por cien. Alta y fuerte, de piel blanca y pelo rubio y fino. Se escondía detrás de unas gafas cuadradas de pasta y se reía en alto, sin preocuparse por llamar la atención. Elsa estaba cerca de los treinta, aunque su comportamiento alocado a veces me recordaba al de una quinceañera. Le gustaba salir sola a buscar wifi antes de ir al hospital por las mañanas. Sin saber cómo, al segundo día de llegar había conocido a un chico jordano llamado Syed. Se enamoró a primera vista y empezó a ausentarse en nuestros planes, como aquella tarde. Decía que la trataba como nunca ningún hombre la había tratado y que con él se sentía protegida. Lo comparaba con los chicos suecos y decía que estos habían perdido el romanticismo, que todos eran muy fríos y poco masculinos, no como el jordano. Quizás tuviera razón.

Por último, estaba Sofía, la estudiante americana de origen chileno que se había criado en California. Con diferencia, era la más sociable del grupo y en pocos días se había hecho amiga de todos los estudiantes que participaban en el intercambio. Venía de una familia cristiana convencional, pero sus horizontes eran más amplios y, lejos de seguir los pasos de su madre y casarse joven, había decidido ser médico. Quería especializarse en Cooperación Internacional y así viajar con las ONG a países del tercer mundo para ayudar a los más desfavorecidos. Por otro lado, Sofía tenía una gran curiosidad por la cultura árabe, quizás motivada por su abuelo, y estaba aprendiendo el idioma. Siempre que podía practicaba, y los jordanos lo apreciaban mucho, lo que hacía que les cayera a todos aún mejor. A veces sentía envidia sana: dominaba el inglés a la perfección, tenía un gran don de gentes y no le costaba nada entablar conversación con nadie, al contrario que a mí.

Allí estábamos, tomando té y fumando *hookah* en la terraza del Sufra. Habíamos elegido una de sabor de sandía y nos la íbamos pasando mientras hablábamos. Me encantaba ese mareo transitorio que sentía tras haberle dado unas cuantas caladas seguidas. Las palabras me pesaban en la lengua y optaba por sonreír y hundirme en el sofá mientras escuchaba a las demás.

—Chicas, en un rato nos tenemos que ir a Zafra café —Sofía miró el reloj—, a las ocho hemos quedado con los jordanos.

—Pedimos la cuenta —dijo Harita—. ¿Sabéis si viene Elsa?

—Ni idea, creo que esta con Syed —contesté—. No creo que aparezca en toda la noche.

—Esa chica ha perdido la cabeza —frunció el ceño preocupado Harita—, espero que esté bien.

—Es mayorcita ya, no te preocupes —intenté tranquilizarla.

Elsa había desaparecido con el jordano y todas sabíamos que no volvería hasta la noche. Estaba realmente enamorada y fluía con las emociones sin oponer ninguna resistencia. Me pareció un acto de valentía.

Terminamos nuestro té y le di las últimas caladas a la *hookah*. Nos fuimos en un taxi rumbo al Downtown, donde estaba el Zafra café, otro de los restaurantes más famosos y característicos de la ciudad. Aquel lugar aparecía en todas las guías de viajes y estaba concurrido tanto por locales como por turistas que compartían música en directo, además de platos típicos árabes.

Los jordanos fueron más puntuales de lo que había previsto y ya estaban todos allí, o quizás nosotras llegábamos tarde. Entre ellos, para mi sorpresa, estaba Yazid. Un escalofrío me recorrió la espalda. No lo había vuelto a ver desde aquel primer encuentro. Sabía que tarde o temprano coincidiríamos, pero no había pensado en que fuera aquella noche. Esta vez vestía una camisa azul clarito, del mismo estilo que la anterior, con dos botones desabrochados y las mangas enrolladas. Llevaba los mismos mocasines marrones de la primera noche y que recordaba por como relucían. No podía negar su estilo.

Yazid sonrió al verme. Nos saludamos con un abrazo y otra vez el aroma de su perfume se quedó en mi nariz. Disimulé el nerviosismo todo lo que pude. Él parecía indiferente y apenas cambió el gesto al verme. Justo antes de entrar al café me cogió del brazo para llamar mi atención.

—¡Hey, Lola!, tengo que ir a comprar tabaco, el estanco está a cinco minutos a pie. —Me sonrió—. ¿Vienes conmigo?

—Sí, claro, ¿por qué no? —Me había cogido desprevenida, una vez más.

Los demás también se quedaron un poco sorprendidos por aquella proposición, que seguramente les recordó a la de la primera noche. No supe muy bien qué pensar, pero no podía negar mi atracción por él. Nos alejamos entre la gente y, cuando nadie nos podía ver ya, me agarró de la mano, otra vez. Tenía esa manía, como si fuera algo normal para él. Quizás fuera natural para los dos. Por algún motivo, no opuse resistencia. Sentí mis pasos ligeros, como si flotara.

Hablamos de cosas sin importancia, de mis primeros días en el hospital, de sus planes de pasar el verano en Amman y de lo feliz que estaba por haber terminado la carrera de Medicina después de seis largos años. A veces se paraba para contarme o preguntarme algo y entonces fijaba su mirada en mí. Sus ojos eran de un negro intenso, enmarcados en unas pestañas largas. Me costaba concentrarme en lo que decía y tenía que hacer un esfuerzo extra por no perder el hilo de la conversación.

Caminamos con lentitud, disfrutando del paseo y de ese momento a solas. Tardamos un poco más de lo esperado en regresar al café. Me podía haber quedado hablando con él toda la noche. No me hubiera importado no conocer nunca el Zafra y haberme ido a cualquier otro lugar a solas con él. Una especie de campo magnético se creaba con su presencia.

En cuanto regresamos con el grupo, Yazid retomó su indiferencia y, aunque se dirigía a mí en las conversaciones, mantuvo cierta distancia. Seguía sin entender su manera de actuar. De regreso a casa, Harita y Sofía bromearon con Yazid, pero sabían que existía Daniel y no quisieron influenciarme y darle más importancia a algo que quizás no la tuviese.

Aquella noche me fui a dormir pensando en Daniel de nuevo. Me sentía culpable por ser tan fácil de impresionar y, porque un desconocido hasta hacía una semana me hubiera empezado a gustar tan rápido, dejando en segundo plano mis sentimientos por mi novio. Además, para mi sorpresa, no le echaba de menos tanto como había imaginado. Él estaba en una travesía marítima, con un buque-escuela llamado Creoula, por el océano Atlántico; casi no tenía cobertura y, menos aún, wifi. Apenas podíamos hablar a tiempo real y nuestras conversaciones se reducían a mensajes cortos que llegaban a deshora. Eso limitaba nuestra comunicación y facilitaba que me acercase a Yazid. Al mismo tiempo, seguía molesta con Daniel porque hubiera preferido ese viaje en vez de acompañarme a Jordania. Aquello me demostraba una vez más su falta de interés y desapego por nuestra relación. Sabía que mi reacción era egoísta y que debía respetar su libertad y sus decisiones, pero, aun así, me costaba aceptarlo. Me refugiaba en esos pensamientos para excusar mis sentimientos hacia Yazid.

4

Apenas se despertó el día y con los primeros rayos de sol nos pusimos en rumbo. Los jordanos habían organizado un viaje por el sur del país ese fin de semana y no había tiempo que perder. Primero, visitaríamos las ruinas de Petra y, después, haríamos noche en el desierto de Wadi Rum para, al día siguiente, conocer el Mar Rojo. Tenía muchas ganas de descubrir todos esos lugares, sobre todo de visitar Petra, la octava maravilla del mundo antiguo. Había leído sobre ella y visto infinitas fotos de sus fachadas labradas en las rocas. Muchos días fríos y lluviosos de estudio me había abstraído imaginándome que la visitaba. Por fin llegaba ese momento.

Los jordanos se habían dividido en varios coches para llevarnos a todos y, por suerte, Sofía, Harita, Elsa y yo íbamos en el coche de Yazid. Los demás —dos americanos, un holandés y un chico alemán que había llegado hacía apenas unos días— iban en los otros coches. El viaje duró unas tres horas y nos dio tiempo a hablar de muchas cosas, pero el tema principal fue Petra. Todas habíamos leído sobre ella y contrastábamos información a la vez que le hacíamos preguntas a Yazid. Él, a pesar de estar centrado en la conducción, contestaba sin dudar, por muy rebuscado que fueran lo que preguntábamos.

Según Yazid, Petra era también llamada la Ciudad Rosa o Ciudad Perdida y su historia era fascinante. Aunque ahora parecía aislada, en el pasado había sido un enclave importante de comercio, pues se encontraba en un punto estratégico para las rutas hacia Asia. Además, tenía una red de distribución de agua que abastecía a los mercaderes tras su largo viaje, haciéndola aún más atractiva. Pero todo empezó a cambiar cuando los romanos derrotaron a los nabateos y Petra se anexionó con el imperio Romano en el año 106 después de Cristo. Por aquel entonces se empezaron a desarrollar las rutas marítimas desde Asia y así, poco a poco, las rutas terrestres quedaron en segundo plano y con ellas, la ciudad de Petra. Desafortunadamente, para culminar esa decadencia, en el siglo IV después de Cristo, hubo un gran terremoto y la ciudad sufrió graves daños quedando abandonada. Tras muchos años en el olvido, fue redescubierta por Johann Ludwig Burckhardt, un suizo enamorado de la cultura árabe y convertido al islamismo. Pero antes que Johann, los beduinos, que eran otra tribu nómada del desierto, como los nabateos, ya se habían aposentado en ella. Después de su redescubrimiento, la ciudad de Petra fue adquiriendo popularidad. Terminó por convertirse en Patrimonio de la Humanidad y los beduinos tuvieron que dejarla y mudarse a los alrededores. A pesar de ello, se adaptaron muy bien a la situación. Aunque ya no vivieran en ella, muchos habían hecho del turismo su modo de vida, abriendo restaurantes o tiendas de *souvenirs*.

Mientras nos contaba aquella historia, Yazid miraba fijamente a la carretera, y el sol que entraba por la ventanilla marcaba su perfil. Su mandíbula era prominente, pero en perfecto equilibrio con su nariz. Cuanto más me fijaba en sus rasgos, más atractivo me parecía. Destilaba seguridad en sí mismo y quizás eso fuera lo que más me gustaba. Me preguntaba qué pensaba él de mí, su comportamiento de los días anteriores me había desconcertado. Aún no entendía por qué me había invitado a una copa o me había pedido que lo acompañase a comprar tabaco. Ahora actuaba de manera indiferente, confundiéndome aún más.

Mientras estaba absorta en estos pensamientos, Harita, satisfecha con la historia de Petra, cambió de tema:

—Por cierto, Yazid, tú te acabas de graduar, ¿verdad? ¿Cómo funciona aquí? —preguntó Harita—. ¿Hacéis un internado o empezáis la residencia directamente?

—En septiembre empiezo el internado, que dura un año —contestó, y tras una leve pausa continuó—: Después, mi plan es irme a Estados Unidos a hacer la residencia de Traumatología. Tengo familia allí y es un excelente país para formarme. —Lo dijo sin pausas, como si fuera una respuesta automática.

—¡Qué bien! —interrumpió Sofía—. ¡No lo sabía!, pues haces genial, y deberías venirte a Chicago, es una gran ciudad y tiene muchos hospitales. Además, hay una gran comunidad árabe y seguro que te sientes como en casa.

—Sí, Chicago sería genial, la verdad. De todas maneras, ya sabes cómo funcionan las cosas. Primero uno envía su currículo,

35

después están las entrevistas… Es difícil, pero es cierto que Chicago es una gran ciudad.

—¡Qué proceso más largo! Pues sí que es complicado —dije sorprendida—. En España, por ejemplo, todo depende de un examen, ni currículo ni entrevistas. El estudiante es el que elige y el hospital no tiene ningún poder en decidir quién entra y quién no…

—Los americanos, que se complican mucho —bromeó Yazid. Esta vez desvió su mirada de la carretera para dedicarme una sonrisa.

El paisaje llano dio paso a las montañas. Entre estas estaba el valle de Arabah, donde se encontraba Petra. Pasamos un cartel que indicaba el último desvío para llegar al aparcamiento de visitantes. Apenas quedaban plazas libres, estaba lleno de turismos y autobuses.

¡Habíamos llegado! Me moría de ganas de ver cómo era aquel lugar.

Hacía mucho calor y el sol no invitaba a caminar. Nos pusimos crema de protección solar y cogimos las mochilas. Los jordanos también se pusieron en la cabeza un pañuelo de cuadros. Además de protegerlos del sol, también representaba al pueblo palestino y llevarlo era una forma de protestar por la ocupación judía. Casi todos tenían orígenes palestinos y sus familias habían llegado a Jordania años atrás, huyendo de los conflictos con los judíos.

Después de comprar las entradas en las taquillas, justo antes de cruzar la puerta, paramos en una de las tiendas de comida rápida a por algo similar a un kebab. Nos comimos el bocadillo sin apenas pararnos, mientras caminábamos. Se hacía tarde y había mucho que recorrer.

Comenzamos la visita en el Siq, un desfiladero estrecho de piedra que cruzamos hasta la plaza donde comenzaba la ciudad. Allí había un edificio impresionante labrado en la roca, el Tesoro de Petra. Tras aquella plaza, nos adentramos en la ciudad y nos dejamos llevar por su belleza. Había mucho que ver: desde las famosas tumbas y el gran templo nabateo hasta la columnata, una de las huellas que habían dejado los romanos. Seguimos caminando y, después de subir cientos de escalones, llegamos al Monasterio. Este era similar al Tesoro, una fachada labrada en la piedra, pero aún más grande y espectacular. Era, definitivamente, un lugar mágico.

Agotados por el calor y los pasos andados, nos sentamos en un muro a disfrutar de las vistas. Apenas había turistas y el silencio era solo interrumpido por el viento. Abstraídos por la belleza de aquel enclave, perdimos la noción del tiempo. Oscurecía y teníamos que regresar. Se nos hizo de noche bajando aquellas escaleras y cuando pensábamos que tendríamos que deshacer lo andado a oscuras, nos encontramos con los beduinos. Estaban acostumbrados a los turistas, tardíos como nosotros, y a cambio de unos dinares se ofrecieron para llevarnos al aparcamiento en su camioneta. Era un medio de transporte improvisado y la caja de esta no era más que zona de carga al descubierto y sin asientos. Así, amontonados, sudados y cubiertos de polvo, nos dejamos caer mientras reíamos y hablábamos de lo precioso que era aquel lugar. Yazid se sentó a mi lado y me sonrió. Me alegré de tenerlo cerca, pues apenas habíamos hablado durante la excursión, ya que él había liderado el grupo mientras que yo había sido siempre de las últimas. Con la excusa del agotamiento, apoyé mi cabeza en su hombro.

Dejamos atrás aquel lugar tan especial y nos dirigimos a pasar la noche a un campamento beduino en el desierto de Wadi Rum. Fuimos por carreteras secundarias de carriles estrechos que parecían perderse en la arena. Reinaba la oscuridad y no se veía ningún otro coche. Pasamos señales de diferentes alojamientos hasta que por fin llegamos al nuestro. No era muy grande, pero se veía acogedor. Tenía tiendas típicas beduinas dispuestas en semicírculo en torno a una zona común llena de alfombras. En el centro, una hoguera con sofás y mesas. Familias y otros grupos ya disfrutaban de una velada tranquila, con música en vivo, y fumaban *hookah*. Otra vez éramos los últimos en llegar. Los dueños nos esperaban con la cena preparada: cordero al estilo beduino, que consistía en cocinarlo durante horas en algo parecido a un horno enterrado bajo la arena. Sin tiempo para ducharnos y hambrientos como estábamos, nos sentamos en el comedor. En menos de cinco minutos, fuentes grandes y platos humeantes con cordero, verduras y arroz adornaron la mesa. Apenas hablamos en la cena, el cansancio se notaba y la comida estaba deliciosa.

Después de cenar, repartimos las tiendas, que tenían dos camas: chicas por un lado y chicos por otro. Yo dormiría con Sofía. Finalmente, nos pudimos duchar y, una vez limpios y renovados, nos reunimos en los sofás que había al lado del fuego, no porque tuviéramos frío, sino por su ambiente acogedor. Tomábamos té negro con menta y compartíamos varias *hookahs*.

Desvié la mirada hacia el cielo y vi la luna llena que justo coincidía con el solsticio de verano. Sin duda, aquella era una noche especial.

—¡Hace una noche genial! ¿Y si dormimos aquí en estos sillones? —dijo Sofía, contenta.

—¡Qué buena idea! —respondieron casi a la vez Harita y Mark, uno de los estudiantes americanos.

A decir verdad, Sofía caía muy bien en el grupo y todo lo que decía solía ser aceptado por mayoría. Los sofás eran bastante grandes y en cada uno de ellos entraban fácilmente dos personas tumbadas a lo largo. Animados, fuimos a por las almohadas. Sin saber por qué, o quizás queriendo, Yazid puso su almohada al lado de la mía y, casi con nuestras cabezas rozándose, nos tumbamos. Me puse nerviosa al tenerlo tan cerca. Nos dimos las buenas noches unos a otros y poco a poco se apagó la conversación. Al cabo de un rato, cuando el sueño me empezaba a atrapar, sentí la mano de Yazid acariciándome la cara. Di un pequeño salto, pero no opuse resistencia y acerqué mi rostro al suyo. Otra vez entraba en terreno peligroso. Pensé en Daniel y el sentimiento de culpa regresó. Callé esa voz interior y me repetí que, si estaba en aquel desierto, sola y en aquella situación, era porque él no había querido acompañarme. Conseguí así borrarlo de mi cabeza. La mano de Yazid bajó por mi cuello y se detuvo en mi pelo. Mi corazón iba cada vez más rápido. Con su mano giró mi cabeza hacia la suya, que estaba mucho más cerca de lo que recordaba cuando había cerrado los ojos. Juntó sus labios a los míos y me dio un beso, suave y tierno.

—Lola… —me volvió a besar—, no sabes las ganas que tenía de que llegara este momento —me susurró al oído—. Ven, sígueme.

Se incorporó en silencio y, tras comprobar que todos dormían, me agarró de la mano. Sin hacer ruido, nos dirigimos hacia una esquina del comedor, escondidos a la sombra de la luna. De un beso tímido pasamos a los abrazos, a las caricias y, después, a besos más apasionados. Aquella noche, los dos cruzamos una línea que traería consecuencias que ninguno de los dos hubiéramos podido imaginar.

Bajo la luna llena, rompimos la tensión que había entre los dos y por fin destapamos las cartas de una atracción que no podíamos seguir callando. Perdimos la noción del tiempo entre besos y caricias; los dos sentíamos ansia por el otro. Me habló del primer día que nos conocimos, de lo mucho que le gustaba mi acento y mi timidez. De mi vestido negro y mi chaqueta vaquera, de mi mirada rasgada, de las ondas de mi pelo. Me abrazó de una forma en que nadie lo había hecho antes. Me envolvió entre sus brazos de manera tierna, con anhelo, como si me hubiera echado de menos todo ese tiempo, toda la vida. Tenía una manera romántica de acariciarme, y aun respetándome con cautela, conseguía encender cada esquina de mi piel. Yazid era irresistible. Quizás era ese aire exótico o ese halo enigmático que lo rodeaba. Me llamó *habibi*, que significa «amor» en árabe. No tenía miedo de comunicar sus sentimientos y eso me encantaba. Nos acurrucamos en uno de los bancos con cojines del comedor y, adormilados, nos encontró el amanecer. Antes de que los demás se despertaran y nos descubrieran, me escapé a la habitación que tenía asignada, como si hubiera pasado allí toda la noche. Al día siguiente, los dos fingimos normalidad y empezamos un juego de miradas que se alargaría hasta que terminase el viaje. Sería el embrujo del desierto o su mirada, pero mi mente estaba en otra dimensión.

Aquella mañana, después de desayunar y recoger nuestras cosas, hicimos una ruta por el desierto con los beduinos, en coches 4 × 4. El paisaje de Wadi Rum parecía Marte, con arenas naranjas y rocas rojizas de formas extrañas. Los beduinos, además, tenían una estética muy curiosa: todos tenía el pelo largo y oscuro y se pintaban la raya del ojo de color negro. Llegamos a una de las tiendas para los turistas. Vendían ropa, cosméticos y ofrecían paseos en camello. Nos pintamos los ojos con kohl, como ellos, y nos invitaron a tomar té y a fumar marihuana. Yazid y yo cruzábamos sonrisas en silencio. Buscábamos cualquier excusa para tocarnos, como un roce del brazo al pasar o un pequeño toque en el hombro con la excusa de llamar la atención del otro para decir algo. Éramos como dos niños pequeños.

De Wadi Rum nos fuimos a Akaba, a ver el Mar Rojo y hacer *snorkel*. Llegamos a una playa que era muy diferente a las españolas, no por el mar o la arena, sino por las vestimentas de los playistas. La mayoría de las mujeres iban completamente tapadas mientras que los hombres vestían pantalón corto y camiseta. Me pareció una injusticia y se me hizo extraño. Allí montamos en un barco que nos llevó a dar un paseo por aquel mar y enseñarnos su fauna. La embarcación tenía el suelo de cristal, pero apenas se veía otra cosa que el fondo oscuro. Poco recuerdo de esos momentos, mas que a Yazid acariciándome el brazo cuando nadie miraba o de cuando nos bañamos en el mar fingiendo normalidad a la vez que jugábamos con nuestras piernas debajo del agua.

A partir de ese fin de semana, perdí el control de la situación. Los sentimientos entre los dos no pararon de crecer y de hacerse cada vez más profundos. Apenas pensé en las consecuencias de mis actos y, menos aún, en qué sentiría Daniel si lo supiera. Lo aparté de mi mente y pospuse esa conversación interna, centrándome en el presente y en Yazid. Estaba siendo egoísta, pero me convencí a mí misma de que nada malo hacía si Daniel no se enteraba. Siempre y cuando fuera un secreto, no habría consecuencias.

5

En el transcurso de los días, Yazid y yo nos acercamos más y más. Para evitar complicaciones, decidimos mantener nuestra relación en secreto y no contárselo a nadie. Por un lado, Yazid no quería que los otros jordanos se enterasen y ser el centro de los cotilleos. Por el otro, yo me sentía culpable por serle infiel a Daniel y no quería que me juzgasen tampoco. Cuando estábamos en grupo, fingíamos ser solo amigos, pero siempre encontrábamos una excusa para quedarnos a solas. Mantener el secreto no hacía más que aumentar la tensión y las ganas de besarnos. Los dos esperábamos con ansias esos momentos.

Alguna vez quedábamos a solas, pero pocas veces encontrábamos la manera y nuestros momentos de intimidad eran cuando me llevaba en coche para ir o volver de las reuniones en grupo. Yazid tomaba la ruta más larga y con más semáforos posible. Siempre que podía, ponía la mano en mi muslo y en las paradas me miraba fijamente mientras sonreía. Nunca nos dábamos ningún beso en público, ya que estaba mal visto y besarse era algo reservado a la vida privada. A Yazid le gustaba fumar marihuana y, en ocasiones, si las calles estaban tranquilas, encendía un porro mientras conducía y lo compartíamos en el trayecto a mi casa. Después de darle un par de caladas, yo me sentía aún más en las nubes y el tacto de su mano era extrasensorial. Al llegar a mi casa, Yazid aparcaba en un callejón y, con las luces apagadas, nos comíamos a besos en la oscuridad. En más de una ocasión las cosas se caldearon demasiado y nos quedamos con ganas de más, pero nunca cruzábamos esa línea.

Adoraba perderme en sus ojos negros, en su mirada profunda. Escondían un enigma que, por más que los mirase, no conseguía resolver. Cuanto más tiempo pasábamos juntos, más me gustaba. Detrás de esa imagen de chico abierto y con don de gentes, había otro reservado con un gran mundo interior. Poco a poco se abrió a mí, y descubrí que su vida había sido más complicada de lo que había pensado inicialmente.

Yazid no era jordano, sino palestino, como muchos de los otros estudiantes. Sus raíces estaban en una región llena de olivos del norte, cerca de la ciudad de Haifa, no muy lejos del Mediterráneo. Por su descripción, me imaginaba que se parecía mucho al paisaje de Andalucía o a Extremadura. Sus padres habían huido de allí poco después de casarse debido a la ocupación israelí y se habían establecido en Riad, Arabia Saudí. Su padre era ingeniero y su madre, médica, por lo cual no les costó mucho encontrar trabajo. Su padre abrió una empresa de construcción durante el auge del petróleo y extendió sus contratos a Jordania, aprovechando que sus hijos estaban allí y que Amman no paraba de crecer con los que llegaban huyendo de países vecinos debido a los conflictos políticos.

Yazid se crio en Riad junto a sus cuatro hermanos. Al terminar el instituto, se mudó a Amman para estudiar Medicina. Todos sus hermanos, salvo el más pequeño, se habían ido a estudiar a Jordania también. Su hermana, la más mayor de los cinco, se había casado y vivía con su esposo en uno de los barrios más lujosos de Amman. Los dos eran médicos. La pequeña, que tenía veintiún años, como yo, vivía en Irbid, la segunda ciudad más grande de Jordania, donde estudiaba Medicina también. Su hermano mayor era dentista y vivía en Amman. Como ninguno de los dos se había casado, vivían juntos y se llevaban muy bien. Formaban un buen equipo, se ayudaban en el día a día y también trabajaban juntos en el negocio familiar. Así, cuando su padre tenía una obra en Amman, Yazid y su hermano eran los jefes de proyecto, y se encargaban de coordinar a los trabajadores y solucionar los problemas que pudieran surgir. Aquello me sorprendió, pues en España era casi increíble que alguien compaginase la carrera de Medicina con otro trabajo y menos en algo tan distinto como ser jefe de proyecto en la construcción de un edificio. Es verdad que todo tenía su precio, y él apenas tenía tiempo para nada más que no fueran los libros y el negocio familiar. Así pronto entendí que, con una vida tan ocupada y con tantas obligaciones, había sido una suerte haberlo conocido y que sacase tiempo para quedar conmigo y hacer planes con los demás estudiantes.

Una de las tardes, en mitad de la semana, Yazid vino a buscarme al hospital después de que terminase las prácticas. Había aparcado el coche en doble fila y me esperaba apoyado en un lateral. Aunque le daba el sol en la cara, él parecía indiferente al calor y sonreía. Sonrió aún más cuando me vio aparecer. Vestía una camisa blanca y pantalones azul marino. Elegante y varonil, como acostumbraba. Yo, en cambio, llevaba unos pantalones sueltos con una camisa de rayas, y aún no me había quitado la bata blanca. El plan había surgido a última hora y no me había dado tiempo a prepararme mejor.

—Te sienta genial esa bata blanca, que alegría verte otra vez —dijo sonriente—. ¿Qué tal estás?

—¡Gracias! —Sonreí con timidez—. ¿Llevas mucho tiempo esperando? Sí que hace calor… —Guardábamos las distancias y no nos dimos ni un abrazo.

—No te preocupes, apenas diez minutos. —Me abrió la puerta del coche y me invitó a entrar.

—Diez minutos con este calor es mucho. —Esperé a que él entrara también—: ¿A dónde vamos?

—Me muero por darte un beso. —Sabía que ahora no lo escuchaba ni veía nadie más y me agarró la pierna.

—Yazid… —Sonreí tímida, bajando la mirada a su mano en mi muslo.

—No lo puedo evitar. —Encendió el motor—. Quiero llevarte a que conozcas un lugar muy bonito.

Yazid tenía ese arte de seducir con las palabras. Sería su acento o, simplemente él, pero sentía una atracción irresistible por su voz. Los dos reprimimos las ganas de besarnos, estábamos a plena luz del día y alguien podía vernos.

Aquella tarde, Yazid me enseñó un lugar muy especial para él, la mezquita de King Abdullah, una de las más bonitas y famosas de Amman. Esta era también conocida como la Mezquita Azul por su cúpula. Había visto fotografías, pero en persona era aún más imponente. Estaba en el centro de la ciudad y enfrente había una iglesia católica ortodoxa. Un reflejo de la armonía que existía en Jordania entre cristianos y musulmanes.

Al llegar a la mezquita, nos vestimos con un manto negro llamado *abaya*. Pronto nos tuvimos que separar para entrar a las salas de rezo, ya que, en el islam, las mujeres y los hombres rezan por separado. Quedamos en encontrarnos allí en media hora.

Como si fuera una fiel más, fui a la sala de rezo dedicada a las mujeres, y caminé en silencio. Como no era horario de *salat* o de rezar, estaba casi vacía y en cada esquina se respiraba paz. La luz entraba por las vidrieras llenando de colores la sala. La alfombra roja que tapizaba el suelo tenía un tacto suave y amortiguaba mis pasos descalzos. Aquel momento de silencio me hizo reflexionar en todo lo que estaba sucediendo aquel mes. La culpa me embargó cuando pensé en Daniel, pero ya era demasiado tarde para arrepentirme; el daño estaba hecho y hacía días que había perdido el control de mis sentimientos por Yazid.

Después de la visita a la mezquita, me llevó a dar una vuelta por Downtown. Sabía que me encantaban los dulces y quería que probase el postre más famoso de Jordania. Se llamaba *knaafeh*, tenía queso y se servía caliente. Me llevó a una de las pastelerías con más tradición en prepararlo de la ciudad. Además, compró baklavas, otro postre típico e insistió en que tenía que probarlas. Eran un montón de dulces, pero estaban deliciosos y no dejamos nada.

Después de haber comido más azúcar del que deberíamos, nos entró la debilidad. No nos apetecía ir a ningún lado y Yazid propuso, por primera vez, que fuéramos a su casa. Aunque no lo verbalizásemos, los dos teníamos muchas ganas de disfrutar de esa intimidad y era el momento perfecto. Su casa estaba a unos quince minutos de allí y su hermano trabajaba en la clínica hasta tarde, con lo que la casa estaría vacía y tendríamos un par de horas sin interrupciones.

Yazid vivía en un vecindario de casas unifamiliares y calles tranquilas. Su casa tenía un solo piso, pero estaba encima del garaje y había que subir unas escaleras. Decorada de manera sencilla y funcional, todo estaba muy ordenado. Los muebles eran de estilo árabe, aunque se notaba que ni él ni su hermano se habían preocupado demasiado por la estética ni los detalles. Me enseñó la casa y dejó para el final su habitación.

Las persianas estaban medio bajadas y había cierta penumbra. Me dio un abrazo seguido de un beso apasionado. Me cogió de la mano mientras me guiaba hacia la cama. Me puse nerviosa. Había fantaseado con ello muchas noches, pero no esperaba que fuera a ocurrir esa misma tarde. Nos dejamos caer en la cama y nos perdimos entre besos y caricias. Yazid me fue quitando la ropa y yo a él, sin prisas. Nunca habíamos llegado tan lejos y las sensaciones eran cada vez más intensas.

—Lola, quería decirte que nunca he estado con nadie de esta manera —me susurró al oído—. Me da un poco de vergüenza decírtelo, pero creo que es importante que lo sepas.

—No te preocupes, no pasa nada —le contesté mientras le daba un beso en el cuello—. Estás aquí conmigo, ahora —lo tranquilicé.

Aunque no fuera mi primera vez, tuve la sensación de que descubría algo nuevo. Todo era muy intenso, como si estuviera embriagada, cuando estaba con él me sentía en otra dimensión. Aquella tarde borramos los límites que había entre los dos, y lo sentí más cerca que nunca. Nuestra conexión no paraba de crecer. Me estaba enamorando.

Los siguientes días evité aún más todo el contacto posible con Daniel. No me apetecía hablar con él ni fingir normalidad. No quería seguir mintiéndole, pero tampoco me atrevía a contarle lo que estaba ocurriendo en Jordania. Afortunadamente, él aún seguía por el océano Atlántico y su conexión precaria e intermitente ayudaba a ocultar la realidad y evitar que sospechase algo. Esa falta de contacto me ayudó a centrarme en Yazid y a que nuestros sentimientos crecieran de una manera exponencial.

6

Apenas eran las cinco de la mañana y los primeros rayos de sol iluminaban la habitación. La ventana estaba abierta y la llamada a la oración me despertó. La voz solemne del imán rompía el silencio del amanecer. Para muchos era su despertador y, en este caso, para mí también. Aunque no entendiera lo que decía, escucharlo me transmitía paz. Yazid aún estaba dormido, cogí sus manos y las apreté hacia mí.

La habitación era más bien pequeña e impersonal, fruto de una decoración improvisada —como el resto de la casa—, con solo una cama, situada debajo de la ventana, y una mesa de estudio enfrente. En las otras dos paredes, a cada lado, había estanterías llenas de libros. A parte de eso, no había mucho más. Me imaginé cómo habían sido sus días allí, estudiando de noche con la luz del flexo, y rezando entre horas sobre su alfombra roja, que reposaba en una esquina, perfectamente doblada. ¿En qué dirección estaba la Meca en aquella habitación? ¿Habría usado una brújula la primera vez para orientarse? ¿Y si rezase mirando a otra dirección, valdría también?, me preguntaba mientras pensaba en lo diferentes que eran nuestras vidas y tradiciones.

Aunque los dos estudiásemos Medicina, nuestras experiencias habían sido muy diferentes y transcurrido en escenarios aún más opuestos. Yo en mi casa, con el apoyo de mis padres y la facilidad que eso conlleva, sin más preocupaciones que estudiar y salir con mis amigos o con Daniel en mis ratos libres. En cambio, Yazid vivía solo con su hermano y estudiaba lejos de sus padres, sin el apoyo de llegar a casa y tener la comida humeante sobre la mesa. Y por si no fuera bastante, también tenía que ayudar en el negocio familiar y en los proyectos de su padre. Pero él lo hacía fácil y parecía que no le costaba llegar a todo. Lo admiraba mucho por ello.

Yazid se despertó y me abrazó. Me dio un beso en el cuello que me sacó de mi ensimismamiento. Me vio con la mirada perdida y me preguntó en qué pensaba. No supe muy bien qué decir y decidí cambiar de tema con un beso. Aquel era mi último día en Amman y apenas nos quedaban unas horas juntos hasta que saliera mi vuelo. Miraba atrás y me sorprendía lo rápido que se habían pasado los últimos días. Pero me sorprendía más aún cuando pensaba en mi relación con él, que se había convertido en mucho más que un amor de verano.

Yazid me cuidaba como nadie lo había hecho y su manera de querer estaba alejada de todo lo que había conocido hasta entonces. A su lado, sentía que todo estaba bien y que cualquier necesidad que tuviera, él la encontraría y satisfaría. De alguna manera, era el hombre que mejor había cuidado a la niña que llevaba dentro. Me hacía sentir especial, única e irremplazable. Se había entregado a mí en todos los sentidos, abriéndome las puertas de su casa, de su intimidad y de su corazón y sus pensamientos. Las implicaciones de su comportamiento las entendí con el tiempo. En su subconsciente, él también esperaba que fuera transparente con mis pensamientos y que cumpliera con todos sus anhelos y necesidades. Algo a lo que nunca supe adaptarme del todo, pues estaba acostumbrada a una relación independiente y muy distinta con Daniel.

A veces no podía evitar compararlos y, la verdad, eran polos opuestos en casi todo. Quizás esa supuesta polaridad había hecho que mi atracción por Yazid fuera tan fuerte. Él llenaba todos los huecos que Daniel nunca supo llenar. Yazid era entregado, detallista y siempre quería pasar tiempo conmigo. Para él, yo era su reina y como tal me trataba. Además, siempre que podía, me incluía en sus planes y no tardé en conocer a su hermano y a sus amigos. Me fue enseñando su mundo e hizo del estar juntos algo natural. Me hacía sentir el centro de todo y me miraba como si en mis ojos estuviera la respuesta a todas sus preguntas. En cambio, Daniel siempre se había caracterizado por su independencia y desapego. No había querido presentarme a sus amigos y, menos, a su familia. Nuestra relación era intermitente y le faltaba compromiso, podíamos pasar días sin vernos, aunque viviéramos a cinco minutos. Reconozco que eso también tenía cosas muy positivas y nuestra relación no me había limitado nunca, permitiéndome desarrollarme y crecer como persona. Pero tanto espacio entre los dos también tenía su riesgo. Otras personas, otros caminos se podían cruzar en el medio. No es por excusarme o quitarme la culpa, pero seguramente eso favoreció la situación con Yazid.

Sus personalidades también eran muy diferentes. Daniel era soñador, abstracto, sin valores fijos y despreocupado de la vida. Se perdía en sus pensamientos y en la filosofía de las perspectivas. Para él no había gente buena ni mala y eran las circunstancias las que influían en sus comportamientos. Valoraba la libertad del individuo y me decía que los dos éramos libres de hacer lo que quisiéramos, que debíamos ser honestos a nuestros deseos y no a los del otro. Todo eso contrastaba con Yazid, que veía las cosas blancas o negras y, además, tenía unos valores muy claros entre los que destacaba la honestidad y la comunicación. Para él no existía más que una perspectiva y una línea muy clara entre el bien y el mal. En cuanto a lo religioso, Daniel no era creyente y en cambio, Yazid era musulmán, aunque no estaba en una época demasiado estricta, digamos. A veces era flexible selectivamente, lo cual me inquietaba un poco.

A decir verdad, yo era más parecida a Daniel, y mi realidad y la de Yazid eran muy diferentes. Pero eso no quise verlo y no estaba preparada para afrontarlo.

Mientras estábamos en la cama tumbados, Yazid empezó una conversación que llevábamos tiempo retrasando.

—Lola, quiero volver a verte. Sé que esto empezó como un juego y que tienes asuntos que resolver en Gijón, pero le he estado dando vueltas y ¿por qué no te quedas conmigo el resto del verano? Podíamos hacer juntos el curso para los exámenes de acceso a la residencia en Estados Unidos —dijo en tono serio mientras me acariciaba el hombro.

—Me encantaría hacerlo y así estar más tiempo contigo —contesté sin saber muy bien cómo seguir, me había encontrado desprevenida—, pero no tengo ni idea del proceso para hacer la residencia allí, y mi inglés aún tiene que mejorar mucho.

—Como quieras… aunque podríamos hacerlo juntos y así, tener un futuro en común —contestó decepcionado.

No estaba preparada para esa proposición y me dio vértigo la idea. Además, aunque estuviera muy a gusto con él, una parte de mí echaba de menos la brisa del mar y la libertad de mi ciudad, los paseos en bicicleta, la lluvia fina y el cielo nublado. Anhelaba los cafés con mis amigas, los momentos de sofá con mi madre, las horas de la siesta, las rutas de montaña con mi padre y mi hermana. No quería quedarme allí el resto del verano. Todos estos motivos estaban en mi cabeza, pero presentí que no los entendería, que se lo tomaría como un rechazo. Quizás porque él abría la puerta a un futuro conmigo y yo no tenía las cosas nada claras. Con gesto apesadumbrado, en silencio, me dio un beso, quizás aceptando el futuro que empezaría en apenas unas horas y que ponía una distancia inmensa entre los dos.

El día pasó rápido y pronto tendría que irme al aeropuerto. Antes de marcharnos, nos tumbamos en la cama, aún deshecha. Las sábanas en una esquina, las almohadas en otra. Nosotros en el medio. La luz del atardecer se colaba por los agujeros de las persianas a medio bajar, y llenaba de puntos suspensivos la pared. En el silencio de la tarde se oyó la llamada a la oración, la última antes de mi partida. Yazid sabía que me gustaba escucharlo y abrió la ventana para que el eco entrara mejor. Enfrente uno del otro, en silencio, me perdí en su mirada y él en la mía, agarrados de las manos y con los pies entrelazados.

—Lola, eras lo que menos había esperado que ocurriera este verano. No sé qué voy a hacer cuando te hayas ido. —Escondió la cara en mi pecho.

—Todo irá bien —respondí, adoptando la postura del fuerte. No quería perder el control de la situación.

—Mi *habitbi*. Nos veremos pronto. Ya sabes que las noches de luna llena ahora llevan tu nombre.

Nos fundimos en un abrazo y la tristeza se quedó conmigo y tardaría en irse varias semanas. Sus lágrimas cayeron en mi mejilla. Yazid había sido una sorpresa y una bendición en mi vida. Lo iba a echar mucho de menos.

Nos pusimos rumbo al aeropuerto. Al bajar las escaleras de su casa, me di la vuelta para despedirme de aquel lugar que se había convertido en nuestro refugio. Yazid bajaba la maleta detrás de mí y me sonrió cuando cruzamos la mirada.

En su coche sonaba Amer Diab y el viento de la noche entraba por las ventanillas. Yazid me agarraba de la mano cuando no tenía que cambiar de marcha y tarareaba la letra de las canciones. No sabía muy bien qué decir para llenar ese momento, así que decidí permanecer en silencio y disfrutar del tacto de su piel en mi mano.

Sí que habían cambiado las cosas en apenas un mes. La Lola que se iba de aquel lugar era muy distinta de la que había llegado a principios de junio. Nos dimos un beso de los nuestros en el aparcamiento, resguardados por los coches, despidiéndonos como solo podíamos hacerlo en privado. Me acompañó hasta la puerta y alargamos el tiempo juntos hasta mi marcha. Anunciaron por megafonía que el vuelo a Madrid estaba embarcando. Tenía que irme.

Le robé un beso en medio de la gente, se resistió, pero no pudo evitarlo y, aunque algunas miradas se clavaron en nosotros, no nos importó. Sabía que era inapropiado darse un beso en público, pero no sabía cuándo sería el siguiente. No podía dejar escapar esa oportunidad. Lo apreté entre mis brazos hasta que sentí que no podía tenerlo más cerca. Me besó en la frente. Le correspondí con un beso en la mano. Para mí era una señal de respeto, de amor hacia él. Me alejé entre la gente. Justo antes de doblar la esquina hacia la puerta de embarque, me giré para buscarlo por última vez. Allí estaba, con su mirada fijada en mí. Con una sonrisa y un gesto de su mano, me dijo adiós. No pude reprimir las lágrimas. ¿Cometía un error yéndome de allí?

7

18 de julio de 2013

Gijón, Asturias, España.

Llegué a casa y fingí que mi historia con Yazid nunca había ocurrido. Los primeros días fueron confusos, estaba como anestesiada y lejos de él me sentía vacía. Había decidido ocultar nuestra historia y no contársela a nadie, no sabía por dónde empezar ni cómo explicar lo ocurrido. Temía sus reacciones y más aún el rechazo por parte de mi hermana, de mis amigas, o de mis padres... No era una historia fácil de encajar. Primero, le había sido infiel a Daniel y, después, me había enamorado de un chico árabe y musulmán. No había nada malo en esto último, pero, a decir verdad, la televisión y las historias que se escuchaban por ahí de la cultura de Oriente Medio no ayudaban demasiado. Estaban llenas de prejuicios e ideas preconcebidas, deformando la realidad. Muchos en España pensaban que los árabes no dejaban libertad a la mujer y que esta se convertía un objeto más del hogar. Que todos los árabes eran machistas y que la poligamia era normal en el matrimonio.

Por todos estos motivos, veía la situación muy complicada. Sabía que la primera reacción sería juzgarme por mi infidelidad y, la segunda, preocuparse por mí. Ninguna reacción positiva. Tendría que explicar demasiadas cosas y afrontar sus miradas llenas de prejuicios. O quizás no, pero eran los escenarios que me imaginaba. Aparte, también se preocuparían por mí, por el fastidio de querer a alguien en la distancia, y más con la diferencia cultural de por medio y todos los conflictos que eso llevaba de la mano. Tras digerir la realidad, tal vez eso fuera lo que más les preocupara. Todos habíamos escuchado o leído alguna vez una de esas historias de amor naufragado entre Occidente y Oriente. Y, en muchas ocasiones, con pinceladas de maltrato y machismo, de hijos en común secuestrados durante las vacaciones, familias destruidas y corazones rotos… Estaba siendo muy dramática y mi cabeza avanzaba demasiado rápido en una línea de pensamiento negativo, pero sabía que todas estas situaciones pasarían al menos una vez por la cabeza de mi familia. Todos esos prejuicios e ideas preconcebidas jugaban en mi contra. Lo desconocido suele generar miedo.

Así, entre mi corazón y mi razón, sin saber muy bien qué hacer, seguía guardándome mis sentimientos y, en silencio, esperaba encontrar el momento y la valentía para afrontar la situación. También evitaba hablar con Daniel. Era un alivio que aún siguiera en su travesía marítima. Su ausencia me daba tiempo para asimilar todo lo que había pasado y entenderme más a mí misma. De todas maneras, en apenas unos días, estaría de vuelta. Entonces nos encontraríamos y, tarde o temprano, tendríamos que hablar.

Por otro lado, no paraba de pensar en Yazid. Lo echaba mucho de menos y me preguntaba si él también se acordaba tanto de mí, de los dos. Nunca me había preguntado por mi relación con Daniel, pero en el fondo yo presentía que ocupaba su mente. Sabía que el haberle sido infiel a Daniel le causaba una profunda desconfianza y que, en silencio, se atormentaba. En nuestros días juntos en Jordania, siempre que podía, Yazid me cogía de la mano en los sitios públicos. Quizás fuera una manera subconsciente de marcar territorio y de decirle al mundo que era suya. Pero ahora, a diez mil kilómetros de distancia, ni podía ni tenía el derecho a hacerlo. Sabía que esa situación no debía ser fácil para él tampoco.

Varios días después, llegó Daniel. No había dormido nada en el viaje, pero, contento de estar de vuelta y con ganas de verme, insistió en quedar aquella tarde a pesar del cansancio. Vino a buscarme a casa y quedamos en el portal de la urbanización. Aún no conocía a mis padres y me había dejado claro muchas veces que prefería no hacerlo. Durante toda esa mañana había estado muy nerviosa pensando en si sería o no capaz de contarle toda la verdad. Daniel no se lo esperaba para nada.

Eran las cuatro de la tarde, la hora de la siesta en mi casa, cuando me llamó para decirme que estaba en la entrada. Hacía una tarde preciosa de verano, con un cielo azul, sin nubes y sin viento. Las calles estaban tranquilas y apenas pasaban coches por la carretera; la ciudad descansaba. Bajé la pequeña calle que había desde mi casa a la salida de la urbanización. A medida que me acercaba a la puerta, mi corazón se aceleraba un poco más. Respiré profundo. En cuanto crucé el portón, allí me esperaba. Daniel estaba muy moreno, con la barba y los rizos despeinados, una camiseta blanca y unas bermudas marrones, a juego con unos playcros *beige*. Su bicicleta verde menta estaba apoyada en el muro. Una sonrisa iluminó su cara y se acercó corriendo a darme un abrazo.

Mentiría si dijera que no me alegraba de verlo. Aunque Yazid hubiera aparecido en mi vida, Daniel aún era alguien muy especial y le tenía mucho cariño.

—Niña, no sabes lo que te he echado de menos. El viaje en el barco fue una pasada, pero… ¡cuántas ganas tenía de volver a verte! —Me dio un beso en los labios—. Estos días me han dado para reflexionar sobre muchas cosas. —Me apretó entre sus brazos—. ¡Estas guapísima!

—Yo también te he echado de menos. —Me escondí en su pecho sin saber qué más decir.

Aunque me alegraba de volverlo a ver, el reencuentro había confirmado mis presagios y es que mis sentimientos hacia él habían cambiado y, ahora que me abrazaba, ya no me sentía igual. Lo había decepcionado, a él y a nosotros, y mis acciones habían estropeado nuestra relación para siempre. No podía parar de pensar en lo mal que me había portado con él y en lo poco que se lo merecía. Toda la culpabilidad que había estado ausente llegó de pronto y se quedó como un nubarrón encima de mi cabeza. Sentí rechazo hacia mí misma y me alegré de que Daniel no pudiera escuchar mis pensamientos. Me volvió a dar otro beso y yo, sin sentir nada más que culpa y sin saber muy bien qué hacer, me dejé llevar.

—Lola, tengo un plan. ¿Te apetece bajar al centro en bicicleta e ir hasta el Elogio del Horizonte? Podíamos tomamos algo por allí —Me sonrió a la vez que me acariciaba la mejilla. Desbordaba alegría.

—¡Vale! Voy a coger la bici. Dame cinco minutos —contesté mientras pensaba qué momento elegir para decirle la verdad.

Reprimí mi sentimiento de culpa mientras caminaba de vuelta a mi casa a por la bicicleta. Quizás la brisa del mar me ayudase a poner las palabras que no encontraba en mi cabeza, quizás encontrase el valor para decirle toda la verdad aquella tarde.

Cruzamos la ciudad hasta llegar a la playa. Bajamos por la avenida de Schulz, que solo permite el tráfico a autobuses y taxis, y que a esas horas estaba vacía. Íbamos sin casco y sin prisa, uno al lado del otro, disfrutando de tener toda la carretera para nosotros. Daniel estaba muy contento y me iba contando sus aventuras en el barco mientras yo, callada, lo escuchaba. Me hablaba de lo extraño que era tocar tierra tras estar varios días mar adentro, de los amaneceres y atardeceres que teñían todo de rojo, de la camaradería con la tripulación y de lo simple que era la vida en un barco. Se le iluminaba la cara al recordar todas esas vivencias. Estaba muy atractivo. La nariz rectangular y la mandíbula marcada, junto con sus rizos alborotados y una figura atlética le daban estética de dios griego. A medida que pasaba más tiempo con él, me daba cuenta de lo mucho que había echado de menos su presencia.

Entonces entendí que no iba a ser tan fácil romper nuestra relación. Además, Gijón estaba muy unido a él y era consciente de que mi vida sería mucho más fácil si seguía con Daniel, en mi ciudad y en mi cultura. Disfrutaba de su compañía, de nuestros paseos y de nuestras conversaciones. Estaba enamorada de Yazid, pero, ahora que tenía a Daniel delante, se mezclaban los sentimientos.

Recorrimos en bicicleta el centro hasta llegar al barrio más antiguo de Gijón, el de Cimadevilla. Lo subimos en bici hasta el Elogio del Horizonte, situado en un parque con unas vistas preciosas del mar y de la ciudad. A pesar de estar en un alto y en la costa, apenas hacía viento. Había turistas y gijoneses que paseaban disfrutando de las preciosas vistas. Desde allí, frente al mar, a la derecha, se podía ver la playa de San Lorenzo y, a la izquierda, el muelle o puerto deportivo. También la ciudad, con sus edificios dispares y, detrás, la montaña con prados verdes.

Nos sentamos en uno de nuestros bancos favoritos, mirando al mar. Daniel me rodeó con su brazo y me acercó a él. Siempre había sido muy cariñoso. Transmitía mucha paz y tenía la capacidad de estar siempre de buen humor, de encontrarle el lado positivo a todo. Su estabilidad mental estaba muy por encima de las cosas del día a día. Él siempre decía que lo había conseguido después de practicar mucha meditación y escucharse a sí mismo.

Aquella tarde Daniel desbordaba alegría, en parte por estar de vuelta, y también por nuestro reencuentro. Estaba contento de estar conmigo, de disfrutar del tiempo juntos. Pero yo tenía la mente en otro lugar y no paraba de darle vueltas a cómo decirle lo que había pasado en Jordania. En cada silencio me debatía por soltarle la verdad, pero luego no me atrevía y seguía callada. Así, después de contarme todas sus aventuras, al ver que yo seguía ensimismada, y que apenas le contaba de mi experiencia en Jordania, se dio cuenta de que algo no iba bien.

—Niña, ¿qué te pasa? —me preguntó—. Siento que tienes la cabeza en otro lugar. Cuéntame.

—No... no me pasa nada... Creo que estoy un poco cansada. —Lo callé con un beso en la mejilla y descansé mi cara en su pecho.

No fui capaz de decirle la verdad. No encontraba el valor ni las palabras. Pensé que sería mejor esperar un par de días, que encontraría el momento perfecto. Intenté callar la vocecita interior que me decía que no estaba bien, que debía de ser honesta con él cuanto antes, que no podría fingir mucho más tiempo. Afortunadamente, aquella tarde, Daniel no le dio más vueltas a mis silencios. Él era así de tranquilo y su mente, también. Confiaba en mí a ciegas y también en sí mismo, no insistió más.

Aquellos días fueron extraños. Mientras intentaba entender qué debía hacer y cómo, hablaba a escondidas con Yazid y evitaba a Daniel. La situación se hizo insostenible. Daniel no era tonto y ya había notado mi desapego. No me quedó otra que afrontar la realidad. A bocajarro, sin preámbulos y lejos de los escenarios perfectos que había imaginado. Una noche, en su habitación, cansado de mi actitud, mientras estábamos los dos en la cama, sacó el tema.

—Lola —no solía llamarme así, salvo para temas serios—, desde que has llegado de Jordania estas mucho más fría, siento que me tratas más como a un amigo que como tu novio. Dime, ¿qué ha pasado?

—Lo siento, sé que debería de habértelo dicho antes... — Suspiré y fijé la mirada en el techo para huir de la suya—. Conocí a un chico en Jordania y..., no sé, creo que se me ha ido de las manos.

—Vale —me interrumpió, y se incorporó en la cama—. ¿Por qué no me lo has dicho antes? —Su mirada mostraba decepción.

—Lo siento mucho, de verdad. Todo empezó como un juego y, al final... Estoy un poco sobrepasada.

Bajó la mirada. Hablamos durante un largo rato. No quiso saber demasiados detalles, estaba muy dolido. Se sentía culpable por no haber venido conmigo al viaje, pensaba que, si no me hubiera dejado sola, quizás todo se hubiera evitado. Una lágrima recorrió su pómulo, y cayó en una de sus rodillas, donde tenía apoyados los codos. Se cubrió la cara para esconder su reacción.

—Ay, niña, me duele, pero te entiendo. Qué pena. —El tono de su voz lo decía todo—. Supongo que ahora ya no seremos novios, acaso nunca lo hayamos sido...

—Lo siento, no quería hacerte daño, de verdad —dije con voz entrecortada.

—Ya está hecho. Te deseo lo mejor. —Intentó mantener la compostura—. Me imagino que para ti tampoco es fácil enamorarte de alguien que vive tan lejos y tiene una cultura tan distinta. Cuídate mucho.

Cabizbajo, me acompañó a la puerta y, sin mirarnos, me fui. Bajé las escaleras de su portal, un lugar en el que tantos buenos momentos había pasado. Llegué a mi casa de madrugada y, aunque intenté no hacer ruido, mi madre, que es de sueño ligero, me oyó llegar. Por la mañana, al verme, entendió que algo había pasado con Daniel. No me hizo preguntas y solo me abrazó.

Los siguientes días fueron bastante oscuros. Me sentía culpable y no podía parar de pensar en la conversación con Daniel y en su decepción. Sentía que le había roto el corazón por la mitad y no me perdonaba por ello. Daniel había sido mi primer novio y el chico con el que había descubierto eso que llaman amor. A él le debía muchas cosas… Habíamos pasado nuestros primeros años de universidad juntos y, ahora que desaparecía de mi vida, todos esos momentos cobraban fuerza en mi memoria. Además, su reacción me había dado mucho que pensar. Su capacidad de empatizar conmigo, de intentar entenderme a pesar de mi infidelidad y mi falta de respeto habían sido una gran lección. Se había preocupado por mí, por la dificultad de enamorarse en la distancia. Daniel me demostraba, de una manera indirecta, amor de verdad. Sentí que me había equivocado, que no había estado a la altura y que por Yazid, que quizás no fuera más que un amor de verano, había perdido a una persona única.

8

El remordimiento y las dudas se quedaron conmigo durante varias semanas. Por unos días hui del teléfono esquivando a Yazid. No me sentía bien por lo que había pasado con Daniel ni conmigo. Necesitaba tiempo para pensar y me preguntaba si el haberme visto sola, en un país tan lejano, me había hecho ser más vulnerable. Si, tal vez, había confundido la seguridad y la protección que sentía con Yazid con amor. Mi mente no paraba de buscar explicaciones y analizar los hechos; intentaba entenderme a mí y mis sentimientos enredados. Además, la culpa me acompañaba y no terminaba de acostumbrarme al silencio que había entre Daniel y yo. Sabía que era lo mejor, pero se hacía extraño no saber de él. Cada vez que pasaba por su calle, miraba a su ventana y, si veía una luz, me lo imaginaba en su habitación, tirado en la cama con el ordenador y la mirada perdida en la pared. Aquel nido de amor se había convertido en una habitación más en aquel edificio extraño. A pesar de todos estos pensamientos y sentimientos encontrados, aún pensaba en mi verano en Amman. Tras unos días esquivando a Yazid, retomé las llamadas. Él me había dado espacio y no había insistido en hablar conmigo en ese tiempo, pero sabía que algo había pasado y me lo preguntó directamente y sin rodeos. Supongo que tenía derecho a saberlo. De todos modos, manteníamos una relación a distancia, aunque fuera una relación indefinida. Sentí alivio por que sacara el tema. Le conté que había hablado con Daniel y que nuestra relación se había terminado. Yazid no me hizo más preguntas, pero su tono de voz cambió y pude apreciar el alivio que sintió al escuchar esas noticias.

A partir de ese día, las conversaciones con él se volvieron más y más intensas. Quizás porque cada vez nos echábamos más de menos o quizás porque lo había elegido a él y eso le dio la confianza que necesitaba para apostar por nosotros. Yo me dejaba llevar cuando escuchaba su voz, pero a veces sentía vértigo cuando me paraba a pensar en la situación en la que estábamos. No tenía ni idea de cómo iba a desarrollarse nuestra historia. Yazid seguía siendo un secreto en mi vida, y ni mi familia ni mis amigos sospechaban lo que pasaba por mi cabeza y por mi corazón. A toda esa incertidumbre se le sumaba que aún no asimilaba la nueva situación con Daniel. Todo en Gijón me recordaba a él. Entre todas estas emociones, mi mente estaba en otro lugar.

Aun así, en la inercia de los días y sin darme cuenta, mi relación con Yazid avanzó más y más a pesar de la distancia. Aquello que había empezado fruto de la atracción y la curiosidad mutua, poco a poco se había convertido en algo tangible y serio.

Aunque inicialmente habíamos decidido continuar con nuestras vidas, los dos fantaseábamos con vernos. Hablábamos todos los días y cada vez nos echábamos más de menos. Quizás yo estuviera en un momento vulnerable, pero en su voz encontraba calma.

Hablar con él se convirtió en una necesidad. Las horas se iban volando por la ventana y podíamos hablar hasta la madrugada sin darnos cuenta. Esperaba a la noche, cuando todos dormían, para escabullirme a la terraza y hablar con él. Me tumbaba en el suelo frío con una manta y allí escuchaba su voz y miraba al cielo, confundiendo la luna con su sonrisa.

El secreto no duró mucho tiempo. Una noche, mi hermana se despertó y me encontró tumbada en la terraza, hablando en inglés. No dijo nada en aquel momento, pero al día siguiente sus preguntas inquisitivas me obligaron a contarle la verdad. Al principió le molestó que hubiera ocultado todo ese tiempo lo que había entre Yazid y yo, pero pronto entendió que la situación no era fácil y se calmó. Le conté todos los detalles: la noche en que lo conocí, el primer beso, nuestros días en Amman, la despedida en el aeropuerto… Me sorprendí echándolo de menos aún más a medida que contaba y revivía mis momentos con él.

Mi hermana, Sara, y yo éramos gemelas. Idénticas por fuera pero muy distintas por dentro. Bueno, ya no éramos dos gotas de agua, pues yo tenía la cara más alargada y nuestros gestos, estilos y personalidades se habían vuelto muy diferentes. Cualquiera que se fijase un poco podía diferenciarnos con facilidad. Ella era la responsable, no le gustaba romper las normas y tenía una manera bastante convencional y racional de enfocar las cosas. A veces tendía a ocupar la postura de hermana mayor, y aquella fue una de esas situaciones.

Mi hermana llenó de signos de interrogación el ambiente y de dudas mi cabeza con sus preguntas sobre Yazid, nuestro futuro y las influencias que él tendría en mi vida. Hasta ese momento no me había parado a pensar en las consecuencias y Sara me bajó de esa nube en la que había vivido desde mi regreso de Jordania. Así al contarle la historia, todo adquirió un tono distinto, y la realidad me golpeó en la cara.

Después de hablar con ella, me replanteé mi situación con Yazid y empecé a buscar respuestas a esas preguntas que tarde o temprano tendría que responder. Aunque por ahora no había nada más que llamadas de teléfono, también existían emociones muy fuertes y no podía olvidar lo que había pasado y sentido en Jordania. Empecé a pensar en un futuro con él y cómo hacerlo realidad.

Me imaginaba a Yazid de visita o de vacaciones, pero no viviendo en España y menos aún encajando en mi ciudad, que era homogénea y de mentalidad más bien cerrada. No podía obviar el recelo que nuestra sociedad tenía hacia Oriente Medio y hacia los árabes y musulmanes, sobre todo influenciado por las noticias y esos actos horribles que los islamistas habían llevado a cabo en Occidente. Además, el pasado histórico que nos habían enseñado en el colegio no dejaba en muy buen lugar a los musulmanes, invasores de Al'Andalus. Esa imagen aún persistía en el subconsciente de la sociedad. Por ello, no me imaginaba a Yazid siendo aceptado en Gijón. A lo mejor, en una gran ciudad como Madrid o Barcelona fuera más fácil... Aparte, no hablaba español y la comunicación sería muy limitada.

En cuanto a mí, tampoco me veía en Amman. Tenían una cultura muy distinta de la nuestra y había infinidad de cosas diarias que aún no entendía. Aparte de eso, había echado mucho de menos la libertad de mi ciudad, de ir en bicicleta, de vestir y de comportarme como quisiera, de entender los carteles y, lo más importante, de entender a la gente. Sabía que eso sería un problema constante en Amman. Perdería mi libertad y mi voz, y tendría que aprender árabe para comunicarme. Sin contar con mis limitaciones con el inglés, esa opción tampoco era realista ni factible.

Tal vez me estuviera adelantando al futuro con todas esas situaciones hipotéticas llenas de conclusiones prematuras. Quizás, después de todo, nuestra relación no fuera a durar más que unos meses de llamadas. Lo más fácil, a corto y largo plazo, sería que se quedase en un amor de verano. Pero no podía olvidarme de esos momentos juntos y la idea de volver a verlo y pasar un minuto más con él me hacía sonreír.

Me acostumbré a llevarme el móvil a todos lados, pues era la única manera de sentirlo más cerca, de mantenernos unidos. El límite entre echarlo de menos y la obsesión no estaba del todo claro. Desde fuera, cualquiera vería la situación como irracional, pero a mí no me importaba y no tenía más ojos que para él. En las conversaciones teníamos tiempo de hablar de todo: del pasado, del presente, de nuestro día a día, de temas banales como nuestra comida favorita y también de temas transcendentales como la religión o nuestros valores. Por las mañanas, cogía el móvil en un gesto reflejo para leer sus mensajes de buenos días, que se convirtieron en mi chute de cafeína. A medida que nos conocíamos más, contrastábamos nuestras ideas y perspectivas que, aunque a veces coincidían, la mayor parte del tiempo eran distintas. Yazid me hacía replantearme el porqué de muchas cosas que yo hacía por inercia y que nunca había cuestionado. Él, al contrario, medía su tiempo casi en segundos, sin desperdiciarlos en nada. Tenía una mente bastante estructurada y el tiempo para él era lo más valioso.

Aunque el teléfono nos facilitaba el contacto, pronto se volvió insuficiente. Por las noches, cuando apagaba la luz, los sueños me traían su ausencia convertida en pesadillas. El sentimiento de anhelo era mutuo y nuestras conversaciones siempre terminaban con la fantasía de reencontrarnos. No teníamos un plan de futuro en común, pero poco a poco empezamos a planear cómo vernos. Lo más fácil, era que yo volviese a Jordania. A pesar de estar en quinto de Medicina, mi horario era mejor y mis días eran más flexibles que los suyos. Yazid estaba inmerso en uno de los proyectos de su padre y no podía dejar la ciudad. Por otro lado, mi visado se conseguía con apenas veinte dinares jordanos, sin burocracia ni documentos extra, y si él quería venir a España, tendría que ir a la embajada, cumplir ciertos requisitos… algo que llevaría bastante más tiempo. Por todas estas razones, decidimos que yo iría en noviembre cuando podría faltar a la universidad sin que me penalizaran. Tenía algo de dinero ahorrado para el billete y él se encargaría de los demás gastos. El paso más difícil era decírselo a mis padres.

Elegí un día de sol, que siempre ayuda, para soltarles la noticia. Esperé al momento de la siesta, uno de los pocos instantes en los que mis padres estaban juntos y relajados. Mi padre, con las piernas levantadas, descansaba en el sofá, y mi madre, acurrucada con la manta, dormía la siesta en el otro. Me senté en la butaca que quedaba libre a ver la televisión, mientras esperaba a que se despertaran. Nerviosa, con el corazón en la garganta, vi terminar los documentales de animales de la dos, todo un clásico en mi casa. Mi madre se extrañó un poco al verme allí pasadas las cuatro.

—Niña, ¿tú no tienes que estudiar? —Apenas había empezado el curso, pero ella ya estaba preocupada por mis exámenes

—Mami, es que tengo que contaros algo… —dije con la mirada fija en la televisión.

—¿Es algo de algún chico? ¿Tienes novio? —preguntó mi madre con su intuición característica a la vez que se incorporaba en el sofá y abría los ojos.

—A veces pienso que me lees la mente —respondí burlona, ocultando el nerviosismo—. Pues sí.

Mi padre estaba desperezándose y aún no prestaba del todo atención. Les expliqué la situación de la mejor manera que pude y les conté mi historia con Yazid. A mi madre se le abrieron aún más los ojos y se le arrugó el entrecejo. Se quedó en silencio unos minutos, como si buscara una solución al problema. Mi padre, en cambio torció el gesto y dijo:

—Sabes que tenemos culturas muy diferentes. —Suspiró y, tras unos segundos eternos, continuó—: Ellos te ven como nosotros veíamos a las suecas en los setenta, chicas modernas y liberales; para un rato sí, pero para una vida no.

Mi padre continuó por ese hilo, intenté bloquear mis oídos para no escucharle. Mi madre, más empática, me comprendió de alguna manera, pero sus comentarios reflejaban una mentalidad similar a la de mi padre. Como había presagiado, tenían una perspectiva bastante limitada de Oriente Medio y su imaginación los llevaba a situaciones terroríficas.

Pasamos un rato largo hablando en el salón, mi madre recordaba historias del telediario de amores frustrados y familias rotas, de mujeres asesinadas por sus parejas árabes, de niños secuestrados por el padre en las vacaciones de verano... Mi padre, en cambio, más racional pero no más optimista, recalcaba la diferencia cultural y lo distinta que era la vida en el extranjero, cómo lo bueno y lo malo dependía del marco donde transcurrían las cosas. Supongo que sus reacciones eran fruto del instinto protector, pero no resultaba fácil para mí y me agobiaba un poco la situación. Me fui a mi habitación a estudiar y escribí a Yazid para contarle la conversación con mis padres. Pensé que se lo tomaría mejor, pero quizás había sido demasiado explícita, y eso le causó un rechazo enorme hacia mi familia. Al fin y al cabo, ellos lo habían rechazado primero. Mentiría si no dijera que las ideas de mis padres habían calado en mi mente y ahora era yo la que tenía dudas. Supongo que él no veía las cosas desde mi perspectiva y, en vez de valorar mi esfuerzo y valentía por compartir algo tan delicado con ellos, se centró en su reacción y en mis dudas. Me enfadé un poco con él, y él conmigo. A pesar de lo incómoda que había sido esa conversación con mis padres, las cosas se suavizaron en los siguientes días. Poco a poco digirieron la situación y aceptaron la realidad. Supongo que para ellos había sido un *shock* y necesitaban tiempo. Entre bromas, mi padre se lamentaba por haberme dejado ir a Jordania y me hacía preguntas sobre Yazid y su familia, su trabajo y sus padres, sobre nuestra idea del futuro. Esto último me incomodaba, pues no tenía nunca una respuesta. Mi madre, en cambio, no podía ver más allá del telediario y seguía contándome historias para no dormir.

Ninguno facilitaba la situación, pero al menos no se opusieron a mi visita a Jordania. Les costó, pero finalmente decidieron dejarme espacio y libertad para que tomase mis propias decisiones. Eso sí, la desconfianza permanecía en el ambiente. Mi padre, que seguía sin consentir mi relación con Yazid, decidió no darme ni un euro para que volviera a verlo. Sugirió que fuera él quien viniera y se ofreció a acogerlo en casa. Esa segunda opción a mí me parecía bastante más complicada. Para empezar, él no hablaba español por lo que no podría comunicarse con mis padres creando situaciones incómodas y, después, con ellos alrededor apenas tendríamos privacidad. Decidí ignorar la invitación y centrarme en ser yo la que fuera a Jordania. Además, me apetecía visitar otra vez aquel país tan exótico que me había robado el corazón.

Una noche de madrugada, en una de nuestras llamadas, decidimos las fechas finales de mi viaje y di el último paso: me compré los billetes de avión. Me desperté al día siguiente pensando que había sido una locura, pero ya estaba hecho. Solo podía pensar en el momento de volver a verlo.

9

15 de noviembre de 2013

Madrid, España.

Habían pasado cuatro meses desde que nos despedimos en el aeropuerto de Amman. Aquel viernes era un día muy importante para los dos, por fin había llegado el momento de reencontrarnos. No me importó ir a visitarlo en medio del curso académico. Muchos no lo entenderían y verían como una falta de responsabilidad, pero yo sabía que las consecuencias serían ínfimas en comparación a todo lo bueno que me traería volverle a ver. Me había organizado con los exámenes y podía faltar a las clases sin que repercutiera en mis notas. Me fui sin decirle nada a mis amigas de la universidad. Confiaba en ellas, pero era un asunto muy delicado y no quería que se extendiera la voz y convertirme en el centro de los cotilleos. Además, excluyendo a mis amigas más cercanas, nadie más sabía de la existencia de Yazid.

Llegué al aeropuerto de Barajas en el primer autobús del día. Aún quedaban tres horas para que saliera mi vuelo. «Vuelo directo a Amman, vuelo directo a sus brazos», pensé mientras caminaba con el billete en la mano, rumbo al control de seguridad tras haber facturado la maleta. No paraba de pensar en cómo sería abrazarlo otra vez, en cómo me sentiría a su lado. Con nervios e ilusión, caminaba por aquel aeropuerto lleno de viajeros con historias y circunstancias distintas. Mientras caminaba por la terminal, me crucé con otras chicas que caminaban solas y me convencí a mí misma de que más de una también viajaba para encontrarse con el amor de su vida, que regresar a Amman no era una locura.

Sentada frente a la puerta de embarque, esperaba inquieta a que dieran el aviso para embarcar. Mientras tanto, me refugié en los apuntes de cardiología, ya que tendría el examen a los pocos días de regresar de Amman. Intenté leer el tema de arritmias y así evadir mi mente. El miedo, la incertidumbre y las dudas se estaban apoderando de mí. Empezaba a preguntarme si realmente sería una buena idea subir a ese avión. Me era imposible concentrarme. Respiré profundo e intenté pensar en otra cosa. Observé al resto de pasajeros y me pregunté cómo serían sus vidas y qué motivos los habían llevado a coger ese vuelo.

A mi lado, estaba sentada una mujer de unos setenta años y, por lo que parecía, también viajaba sola. Delgada y arrugada por los años, vestía un vestido por debajo de las rodillas con un cinturón ajustado a la cintura. Hablaba por teléfono sin importarle que otros escucharan la conversación. Pasados unos minutos, terminó la llamada y, con la excusa de preguntarme qué estudiaba, empezó a hablar conmigo. Aquella mujer parecía una personificación de mis prejuicios. La conversación adquirió rápidamente un tono bastante personal y me contó su vida. Me habló de su matrimonio con un jordano, de su divorcio prematuro tras el choque de culturas y la falta de flexibilidad de su exmarido. Inquisitiva, me preguntó qué hacía en ese vuelo y, aunque apenas le di detalles, averiguó al instante mi situación. Sin tapujos, me dio un consejo que se quedó grabado en mi mente:

—Chica, ahora él te deja leer y estudiar, pero de eso olvídate cuando os caséis. Tu función será otra y será en la casa —dijo mientras abría una botella de agua—. Piensa bien en lo que quieres, esa pasión no dura toda la vida, luego llega la realidad. —Bebió un largo trago sin pestañear.

No supe muy bien qué decir. No esperaba tener esa conversación con una desconocida, y menos antes de empezar aquel viaje, cuando mis miedos estaban a flor de piel y era más vulnerable. Decidí ignorar su consejo. Me molestó su atrevimiento y me pareció un consejo injusto y sesgado por su experiencia, que no tenía por qué representar mi realidad. Me negaba a aceptar que todas las historias de amor con hombres árabes terminasen igual.

Aquella conversación quizás tuvo el efecto contrario a lo que aquella mujer pretendía y me reafirmó en mi idea de seguir adelante, de conocer más a Yazid y su mundo. La perdí de vista en cuanto subimos al avión. Un escalofrío recorrió mi espalda cuando empezamos a movernos. Mis miedos se quedaron en aquella pista del aeropuerto y en lo único en lo que pensé durante las cinco horas de vuelo, entre apuntes y pequeñas siestas, fue en la sonrisa de Yazid y en abrazarlo otra vez.

Aterrizamos pasado el atardecer. Parecía una noche tranquila; el cielo estaba despejado y, con la luna nueva, se veían muchas estrellas. Tras pasar por la aduana y recoger mi maleta, fui al baño a maquillarme y adecentarme todo lo posible. Quería estar perfecta para el reencuentro, perfecta para él. Quizás el miedo hizo que tardase más de lo normal en estar lista e, inconscientemente, retrasaba el momento. Tenía el corazón en la garganta.

Crucé la puerta de llegadas y busqué a Yazid entre la gente. Me esperaba apoyado en una pared, justo enfrente de la puerta. Cruzamos miradas y sus ojos se iluminaron al instante. Su sonrisa, más bonita y grande que nunca, reflejaba su alegría de verme. En ese momento supe que había hecho lo correcto al subirme en ese avión. Sin importarme el resto, dejé caer mi abrigo y la maleta y corrí hacia él. Nos dimos un abrazo y sentí que se paraba el tiempo.

—Lola, Lola, Lola…, te he echado mucho de menos —dijo mientras me apretaba entre sus brazos—. Estoy tan feliz de que estés aquí.

Su olor me transportó a la primera noche que nos conocimos. Respetamos las costumbres de allí y no nos dimos más que un beso en la mejilla que escondía las ganas que nos teníamos. Salimos de la terminal y nos fuimos al aparcamiento. La noche era fresca y se sentía el otoño. Yazid llevaba una cazadora de cuero negra que parecía hecha a medida para él y resaltaba su atractivo. La barba estaba recortada a la perfección, en armonía con su pelo rizoso y oscuro. Quizás eran las ganas que tenía de verlo, pero estaba aún más atractivo y guapo que en verano. Caminamos agarrados de la mano hasta el aparcamiento. De camino a Amman, no pudimos esperar hasta llegar a su casa y Yazid se desvió en una de las salidas de la autopista, aparcó a un lado de la carretera y, aprovechó que no había nadie para besarme. Aquel beso reflejaba nuestro amor, un amor secreto y apasionado. Me sentía contenta de poder estar a su lado, de poder, por fin, escuchar su voz sin un teléfono como medio, a miles de kilómetros de distancia.

Nos dormimos abrazados, sin ropa, lo más cerca posible el uno del otro. Aquella noche fue una de las más dulces que había tenido en mucho tiempo. Dormí profundamente, estaba tranquila y me sentía segura entre sus brazos, nada más me importaba. Su respiración pausada se acompasó con la mía. Abrazados, nos encontró el amanecer.

Aquellos días fueron intensos y estuvieron llenos de caricias y pasión, entre restaurantes y paseos por Amman. A ojos ajenos parecíamos casados, en aquella cultura no existían los novios y de la amistad casi se pasaba al matrimonio. Esa idea de ser su mujer era una fantasía y, cuando iba cogida de su mano, me sentía la mujer más afortunada.

Estuvimos juntos diez días que dieron para mucho y en los que pude conocer un poco más su rutina. Un día me llevó a visitar la obra que estaba coordinando y entendí la gran responsabilidad que llevaba en sus hombros. Aunque me hubiera dicho que ayudaba a su padre en la obra, nunca había imaginado la magnitud de aquella tarea. De él dependían desde la coordinación de los materiales con los proveedores hasta las conversaciones con los arquitectos e ingenieros. Advertí lo absorto que estaba en aquel trabajo y el tiempo que le quitaba. Se había metido en esa situación poco a poco, sin darse cuenta. Ahora, apenas tenía tiempo de estudiar. Siempre surgían problemas: si no era un retraso en los materiales, eran los empleados que no cumplían con sus tareas. Los libros habían quedado en segundo plano. Él siempre decía que Estados Unidos era su preferencia, pero las circunstancias, lentamente, estaban cambiando el orden de las cosas. Supongo que no quería defraudar a su padre y quería que se sintiera orgulloso de él.

Los días se pasaron demasiado rápido. Me encantaba escuchar la llamada del rezo al amanecer, que se había convertido en un sonido ligado a aquella ciudad. Cuando Yazid trabajaba yo me quedaba en casa e intentaba estudiar. Luego, me recogía e íbamos a comer por ahí. Uno de mis restaurantes favoritos era un yemení que estaba en el barrio universitario donde había vivido en verano. Era un restaurante sencillo y barato. Lo más curioso era que no tenía cubiertos y se comía usando el pan como utensilio. A veces, por las tardes, íbamos a una cafetería a estudiar, pero siempre empezábamos a jugar y a picarnos como dos adolescentes, por lo que terminábamos muertos de la risa y al final no estudiábamos nada.

El último fin de semana antes de irme, Yazid me invitó al mar Muerto. Aquel lugar era muy popular, tanto para locales como para turistas. Estaba en un valle a varios metros bajo el nivel del mar y siempre hacía calor, ya fuera verano o invierno.

Eligió un hotel de lujo y moderno, con una playa privada y una piscina panorámica con vistas espectaculares al mar: en el horizonte, en la otra orilla, se veía Israel, o la Palestina ocupada, como él la llamaba.

El tema de Palestina era bastante delicado y Yazid me explicó cómo los israelitas habían destrozado y dividido a su familia, que ahora estaba dispersa por el mundo. El conflicto entre Palestina e Israel había empezado al final de la Segunda Guerra Mundial y, desafortunadamente, los palestinos habían salido perdiendo en todos los sentidos. Su familia era un ejemplo de ello y podía ver la tristeza en la mirada de Yazid cuando hablaba del tema. Antes de haberlo conocido, apenas sabía nada de este conflicto y no entendía del todo la situación, pero me daba mucha pena ver cuánto sufría. Se le arrugaba la frente cuando me contaba que sus abuelos tuvieron que huir y dejar los campos de olivos atrás, así como el trabajo de generaciones anteriores. Eso explicaba por qué sus padres vivían en Arabia Saudí o por qué tenía familiares en Estados Unidos o Inglaterra.

Sin dejar que el conflicto Palestino oscureciera nuestro tiempo juntos, cambiamos de tema a otros menos importantes. Disfrutamos de las instalaciones de aquel hotel y de su playa privada. Nos duchamos y nos vestimos para ir a ver el atardecer. El mirador estaba en lo alto de una de las montañas del valle, y las vistas eran increíbles. El sol estaba bastante bajo, pero aún quedaba una media hora para el ocaso. Apenas había gente y reinaba el silencio. Me sentí afortunada por disfrutar de un sitio tan especial en su compañía. El sol se reflejaba en el mar Muerto y llenaba de tonos rojizos el horizonte. Nunca había visto nada igual.

—¿Te gusta? —me preguntó Yazid mientras me daba la mano y me animaba a acercarme al borde, donde había un muro para sentarse—. ¿Sabes que eres la primera persona que traigo aquí?

—¿De verdad? Gracias… ¡Me encanta! —Le apreté la mano con fuerza.

—Aquí vine a los pocos días de tu despedida. —Miraba al horizonte con gesto serio—. Aquí es donde vengo cuando necesito pensar y adquirir perspectiva —continuó—. Estoy muy feliz de que hayas vuelto a Amman y de que haya podido volver a verte.

—Y yo. He de reconocer que tenía miedo de que las cosas no funcionasen, pero estos días contigo están siendo un sueño. —Acerqué mi cabeza a su hombro—. Me encantaría estar siempre a tu lado. —Hablé sin ningún tipo de filtro y mis palabras salieron directas de mis pensamientos, de mi corazón.

—Lola… —Se quedó en silencio unos segundos—. Me gustaría que fueras mi novia.

—Para mí, ya lo soy. —Me estaba dejando llevar por la situación, sin pensar en el significado de aquellas palabras.

Besé el dorso de su mano como señal de respeto y cariño. Había gente alrededor y no podíamos besarnos. Nos abrazamos en silencio. Allí nos quedamos hasta que se escondió el sol, adorando aquellas vistas mientras hablábamos de nosotros. Aquel momento marcaría un antes y un después en nuestra relación. Todo había empezado de manera espontánea e inconsciente, sin pensar demasiado en las consecuencias que nuestros actos tendrían o en las expectativas que se estaban creando entre los dos. Ahora nos habíamos convertido en pareja. Entre los dos existía una gran atracción física, mucho cariño y buenas intenciones, pero no nos conocíamos lo suficiente; yo no entendía su perspectiva y su visión de las cosas, ni él la mía. Empezamos la relación con una venda en los ojos, una venda a la realidad. Ninguno éramos conscientes de lo difícil que sería mantener lo nuestro con el Mediterráneo entre los dos y una distancia aún mayor entre nuestras culturas.

Tras aquellos días de ensueño en el mar Muerto, llegó el momento de despedirnos y de volver a una relación telefónica. Aquellos diez días fueron como una luna de miel en la que los dos nos enamoramos un poco más y establecimos una complicidad aún más profunda. Echaría de menos las madrugadas con él y encontrarme con su sonrisa en cualquier momento del día. Esa despedida tenía un sabor distinto a la de julio, no era un amor de verano el que se decía adiós, sino una pareja que se decía hasta luego. Pero ese «hasta luego» escondía mucho más detrás. Escondía el ansia de compartir los días, la necesidad de estar el uno cerca del otro. Las expectativas eran distintas y esperábamos, sin decirlo, ciertos comportamientos y gestos que en la distancia que nos separaría serían clave para mantener nuestra relación.

Nos despedimos sin saber cuándo nos volveríamos a ver. Tenía la esperanza de poder encontrar otro hueco en mi calendario y ahorrar para comprarme el billete de avión y escaparme con él. O quizás la siguiente vez le tocase a Yazid venir, pero esto solo valdría a corto plazo. Si queríamos continuar en el tiempo, deberíamos desarrollar un plan. Nuestro plan.

Me subí en aquel avión y la incertidumbre me rodeó. Tenía miedo de no saber cómo afrontar la distancia y, menos aún, de no saber cómo acostumbrarme a estar otra vez sin él.

10

10 de diciembre de 2013

Gijón, Asturias, España.

Los siguientes días, o quizás las siguientes semanas, fueron más duros de lo esperado. Regresé a mi rutina, del ir y venir en autobús. Pretendí centrarme en la facultad y en las montañas de apuntes. Intenté refugiarme en las horas de estudio y centrarme en el examen de cardiología, pero solo lo conseguía a veces. Mi mente se había quedado otra vez en Amman.

Yazid no se iba de mi cabeza y cada momento del día lo pasaba pensando en él. Durante los viajes en autobús a la universidad, que a veces podían durar una hora, mi mirada se perdía en el horizonte y me recreaba en mis días con Yazid. Con ansias, miraba la pantalla del móvil a la espera de sus mensajes. No tenía ganas de hablar con nadie que no fuera con él. El resto de las conversaciones me parecían planas y no conseguía concentrarme y escucharlas.

Debido a la distancia, mi relación con Yazid dependía cien por cien de la tecnología y, sobre todo, de una buena conexión a internet. A veces me preguntaba si lo nuestro hubiera crecido tanto de haber nacido en otros tiempos en los que la comunicación en la distancia no era tan fácil y solo hubiéramos podido comunicarnos por carta o con el teléfono fijo.

Antiguamente, los amores a distancia eran muy distintos. Los enamorados podían escribirse cartas, pero estas eran puntos en el tiempo limitados por el papel y, por muy intensas y largas que fueran, se terminaban con el último punto escrito hasta la siguiente. Por otro lado, las llamadas de teléfono no eran como las de ahora: se pagaban por minuto, por lo que no podían ser muy largas. Asimismo, apenas existía la privacidad, ya que el teléfono fijo solía estar en el salón o en la cocina, en una zona de paso, y la intimidad solo se lograba si la llamada se hacía desde la cabina telefónica de la esquina más cercana. Por todos esos factores, la comunicación era limitada y no interfería demasiado en el día a día. En cambio, ahora las cosas habían cambiado y con internet y los móviles, si uno quería, podía estar hablando todo el día con esa persona, aunque los separaran miles de kilómetros. Y claro, ahí estaba yo, enganchada al teléfono.

Me pasaba el día pendiente de aquella pantalla de móvil. Cuando no era una llamada de tres horas, eran conversaciones interminables por mensajes. Poco a poco dejé de lado mi vida social y a mis amigas. Con la excusa de estudiar, me quedaba en casa hablando con él, escondida bajo el edredón de mi cama.

Una noche me quedé estudiando en la mesa del salón hasta la madrugada. Yazid, que solía despertarse a las cinco de la mañana para rezar, me llamó al ver que seguía despierta y que contestaba a sus mensajes. Estábamos hablando cuando mi padre se despertó y se asomó por la puerta del salón. Al verme al teléfono supo inmediatamente que era Yazid. Me miró durante unos segundos y lanzó un suspiro que indicaba preocupación. Se fue sin decir nada, pero a la mañana siguiente, mientras desayunaba con los ojos entrecerrados, sin introducciones, me soltó:

—Hija, yo entiendo que os echéis de menos y el teléfono sea vuestro punto de contacto, pero, en la distancia, se idealiza mucho a la otra persona. Lo que no sabes de él, tu mente lo rellena con un ideal o con las características que a ti te gustaría que tuviese —dijo muy serio—. Con esas llamadas solo captáis un fragmento del otro. Por mucho que habléis, nunca tendréis una visión completa de la otra persona.

No me dio tiempo a responder y salió de la cocina. No quería dialogar, solo quería compartir esa idea y dejarme tiempo para reflexionar. Sabía que lo hacía con buena intención y que solo quería protegerme, pero me fastidió escuchar sus palabras. Una parte de mí estaba de acuerdo con lo que había dicho. Era cierto que en la distancia y por teléfono era imposible conocer todos los aspectos de la otra persona. Pero... ¿acaso hacía falta decírmelo así?

Aquellas palabras se quedaron en mi cabeza y no paré de darle vueltas. Me entraron las dudas y empecé a fijarme en las parejas de mi alrededor y a comparar su relación con la nuestra. Ellos, además de compartir sus días y rutinas, también compartían costumbres, cultura y, quizás, un punto de vista similar. En cambio, entre Yazid y yo había muchas más diferencias que cosas en común. Pero esto tampoco tenía que ser negativo, y tal vez en esa diversidad había más riqueza que en una relación homogénea. Intenté convencerme a mí misma de que, aunque fuera por teléfono, la nuestra se basaba en una comunicación de calidad que nos ayudaba a conocernos y a entendernos mejor, quién sabe si a un nivel más profundo que si viviéramos en la misma ciudad.

De todas maneras, aquella situación no podía durar mucho tiempo. Sabía que esas dudas que mi padre había sembrado se solucionarían una vez encontrásemos el camino en común, pero aquel futuro en común no era tan sencillo de encontrar. Yo no podía dejarlo todo por él, no estaba dispuesta a sacrificar mi futuro por salvar nuestra relación. Él tampoco iba a dejar toda su vida por venirse conmigo a España.

Una tarde, durante una de esas llamadas, tomé la iniciativa y saqué el tema. No solíamos hablar de ello, pero estaba convencida que rondaba su mente tanto como la mía:

—Yazid, he estado pensando. Tenemos que hacer algo para estar juntos —dije—. A mí me agota tenerte tan lejos y siento que no nos movemos en ninguna dirección. —Por fin puse palabras a mis pensamientos

—Ya lo sé… —contestó con voz apagada—. Esto de estar los dos colgados del teléfono todo el tiempo no es sano. Tú ya sabes lo que pienso.

—¿El qué? —No sabía muy bien a qué se refería

—Pues a que vengas conmigo a Estados Unidos. Te limitas a decir que no sabes hablar inglés bien y dices que no conoces ese país y que está lejos de España, pero si lo piensas, allí podríamos desarrollarnos como profesionales los dos y estar juntos. Yo lo veo perfecto, al menos a corto plazo… Además, tu nivel de inglés es muy bueno, ¿acaso no te comunicas conmigo en ese idioma? —zanjó

—Tienes razón, pero tengo que pensarlo. Me da miedo imaginarme una vida tan lejos, en Estados Unidos, aunque no se me ocurre otra solución que sea justa para los dos.

Aquella conversación sembró la semilla de una idea que germinó poco a poco en mi cabeza. Teníamos que desarrollar un plan si de verdad queríamos estar juntos y compartir nuestros días y nuestra vida. Esa lejanía no podía durar mucho tiempo, y si no terminábamos con la distancia, la distancia terminaría con nosotros. Quizás Estados Unidos no estuviera tan mal, después de todo. Yazid tenía pensado hacer la residencia allí y yo podría hacer lo mismo. Estados Unidos se me hacía un país lejano y frío, pero sabía que, si estaba con Yazid, siempre estaría bien y que el lugar no importaría. Por otra parte, era un país construido por inmigrantes y la heterogeneidad de razas y culturas hacía que cualquier persona pudiera encontrar su sitio. De esta manera, después de varias conversaciones con Yazid y diálogos internos, decidí que debería probar suerte y buscar ese futuro en común que tanto anhelábamos. Aquel podría ser el país perfecto en el que ser médicos sin renunciar a estar juntos.

Empecé a buscar información y a documentarme del proceso. Había oído a Yazid hablar de ello, de los tres exámenes que había que hacer, del material de estudio, del proceso de solicitud…, pero no había prestado demasiada atención, nunca creí que me fuera a ser útil. Durante varios días navegué por los foros de estudiantes extranjeros, leyendo experiencias, tomando nota de los pasos. Estos foros estaban llenos de consejos y manuales para conseguir con éxito ser médico residente en los Estados Unidos, un proceso largo y muy distinto al español, en el que con un examen ya estaba todo hecho. Para Estados Unidos, además de los exámenes, hacía falta una carta de motivación que explicase por qué quería hacer esa residencia, cartas de recomendación de médicos a los que habías impresionado durante las prácticas como estudiante de Medicina, experiencia en la investigación… Llené con notas varias hojas de mi libreta y el proceso se me hizo imposible, pero lo dividí en pequeñas partes y me prometí a mí misma que lucharía por ello.

Pensé que uno de los primeros pasos, y el mejor, sería realizar prácticas en Estados Unidos. Así conocería un poco más el país y el sistema sanitario, lo cual me ayudaría a tomar la decisión de si formarme allí o no. Asimismo, con un poco de suerte, conseguiría una carta de recomendación e información de los exámenes.

No tenía contactos en Estados Unidos y no sabía muy bien cómo conseguir prácticas, pero se me ocurrió acudir a varios médicos de mi universidad. Seguramente alguno de ellos tendría algún contacto en Estados Unidos con el que pudiera hacer una rotación en verano.

Me reuní con varios médicos, primero de Cardiología, luego de Neumología, pero no tuve suerte hasta que llegué al despacho del jefe del Servicio de Neurología. Afortunadamente, había sido una de mis asignaturas favoritas y había sacado una buena nota en el examen, por lo que aquel doctor me tenía en gran estima.

Quizás fuera la casualidad o la suerte, pero, por coincidencias de la vida, había vivido y trabajado en Estados Unidos y aún tenía un gran amigo de la carrera que era español y trabajaba en Cleveland. No era el lugar más conocido de Estados Unidos, pero sería una buena manera de empezar.

En Cleveland inauguré mi aventura estadounidense. Pasaría un verano haciendo prácticas, conociendo el funcionamiento del sistema sanitario y mejorando mi inglés. Aquellos meses serían un sacrificio: me perdería la playa y las fiestas de verano de Asturias, también la oportunidad de visitar a Yazid. Pero apostaba por un proyecto a largo plazo con él y sabía que ese esfuerzo merecería la pena. Él, lejos de presionarme o influenciarme para que nos viéramos aquel verano, me apoyó desde el primer momento. Sabía lo importante que eran esas prácticas para los dos y que, al fin y al cabo, serían una inversión para nuestra relación de futuro. Por otro lado, Yazid estaba muy ocupado con el proyecto de su padre y al final del verano iba a presentarse al primer examen americano, tampoco tendría demasiado tiempo. A decir verdad, a los dos nos convenía estar centrados. Con suerte, podríamos vernos cuando regresara de Cleveland a principios de septiembre, después de su examen y antes de que empezasen las clases.

Si bien Yazid me apoyaba en aquella experiencia, no me apoyaba tanto en el alojamiento que había elegido en Cleveland. Había buscado en los foros de la universidad de Case Western habitaciones libres y solo encontré dos cuyo precio estaba por debajo de los 500 $, que era lo más que me podía permitir. Una era una casa de un residente que alquilaba una habitación y la otra una casa de una mujer mayor que vivía sola con su gato. La casa del residente era un poco más barata y estaba más cerca del hospital. También tendría compañeros de apartamento, lo cual haría mi vida más amena. Me pareció la más favorable de entre las dos y me decidí por alquilar esa habitación. Sin embargo, cuando le conté a Yazid que mis compañeros eran todo chicos no le gustó nada. Le pareció una provocación y se cerró en banda. Hablamos de ese tema por horas, pero yo no conseguí entender su perspectiva ni él la mía. Hice oídos sordos a su petición de que eligiera la otra casa y lejos de tomarme en serio sus palabras, me mantuve firme y no cedí. Aquel conflicto que no percibí como importante fue el principio del fin.

11

27 de junio de 2014

Cleveland, Ohio, Estados Unidos.

Después de una escala en el aeropuerto de Nueva York, aterricé en Cleveland. Eran las seis de la tarde hora local, pero la una de la mañana en España. Estaba exhausta. Mientras veía pasar las maletas de otros viajeros, esperando a la mía, pensaba en las consecuencias que ese viaje iba a traer. Deseaba con todas mis fuerzas que fuera una experiencia positiva y que me gustase ese país. Vivir en Estados Unidos era la única manera en la que podía imaginarme un futuro con Yazid.

Aquel verano en Cleveland iba a ser muy diferente del verano anterior. Esta vez no habría un grupo de estudiantes con el que identificarme y pasar mi tiempo libre. Tampoco existiría una figura como la de Mohammed para orientarme o resolver mis dudas facilitándome mis primeros días. Por suerte, no estaba del todo sola. Tom, el residente al que le había alquilado una habitación, se había ofrecido para recogerme en el aeropuerto. También, unos días antes de mi vuelo, habíamos hecho una videollamada y me había explicado cosas básicas de la ciudad, así como de la casa en la que viviría y mis compañeros.

Tom me esperaba aparcado con su ranchera vieja de color rojo en la zona de llegadas. No tardó en reconocerme y bajó del coche para saludarme y ayudarme con el equipaje. Era un chico alto y delgado; vestía una camisa de color gris y unos pantalones negros, ambos holgados. Aún llevaba la identificación del hospital colgada del cuello.

—¡Hola, Lola! Bienvenida a Cleveland —Sonrió. Tenía una boca grande, con los dientes perfectamente alineados. Sus ojos, en cambio, eran pequeños y se achinaban cuando sonreía.

—¡Hola, Tom! Muchas gracias por haber venido a recogerme. ¡No te imaginas el favor tan grande que me haces! —contesté mientras le daba un apretón de manos.

—Claro, no te preocupes —contestó quitándole importancia—, justo acabo de salir de la clínica, que está aquí al lado, así que me viene perfecto. ¡Además, es viernes!

—Gracias, de verdad —repetí otra vez y volví a sonreír.

Tom cogió mi maleta y, con cierta dificultad la puso en el maletero. Luego se acercó a la puerta del copiloto y la abrió, invitándome a entrar. No estaba acostumbrada a ese tipo de gestos y me sorprendió agradablemente que en Estados Unidos, como en Jordania, los chicos también tuvieran esa costumbre. Entré en el coche y observé el interior, bastante envejecido y no muy limpio. El volante era de piel negra y estaba descolorido y roído por el sol. El habitáculo en sí tampoco estaba muy bien cuidado, y tanto en el techo como en los asientos había manchas. Había un montón de botellas vacías y papeles arrugados en el suelo. Tazas con posos de café ocupaban los cuatro huecos del posavasos entre su asiento y el mío. El único orden que había en ese coche era su bata blanca, que estaba perfectamente planchada y colgaba del reposacabezas de su asiento. Se disculpó por el desorden y se puso en marcha.

El aeropuerto estaba a una media hora de la ciudad y en ese tiempo pude conocer un poco más a Tom. Era residente de segundo año de Medicina de familia en la Cleveland Clinic, uno de los hospitales con más prestigio del país, y su familia vivía en Toledo, una ciudad que estaba a unas dos horas al oeste. Aunque había vivido toda su vida en Ohio, sentía una gran fascinación viajar, le encantaba descubrir otras culturas y siempre que podía se escapaba en el primer vuelo a cualquier lugar.

Al acercarnos al barrio, Tom dio un rodeo para mostrarme el campus médico donde estaban los hospitales. Uno de ellos era el University Hospitals, donde yo haría las prácticas, y luego estaba la Cleveland Clinic. Este era conocido a nivel mundial. No era raro que millonarios de todos los lugares del mundo volaran con sus aviones privados para tratarse allí. Según Tom, entre los dos hospitales había mucha competencia. A pesar de ello, los unos colaboraban con los otros en proyectos de investigación y, a veces, incluso compartían pacientes.

Me sorprendió lo bonita que era aquella zona. Se notaba que había mucho dinero invertido. Los jardines estaban perfectamente cuidados y las aceras parecían impolutas. Dejamos el campus atrás y subimos por la avenida Fairmount, con árboles frondosos que llenaban de sombra la calle. Nos adentramos en Cleveland Heights, uno de los barrios más exclusivas de la ciudad y lleno de mansiones. Aquellas eran las casas más bonitas y espectaculares que había visto nunca. Me sorprendió que no existiera ni un muro ni nada que separase sus jardines de la calle. Cualquiera podría llamar a la puerta, algo impensable en España.

En un cruce, Tom tomó una calle perpendicular, llamada Scarborough y se alejó de aquellas mansiones de ensueño. Aunque también tenía casas unifamiliares y árboles a los lados, estas ya eran mucho más humildes. Aquellas calles me recordaban a los suburbios de las películas americanas o al barrio de *Los Simpson*. Todas estaban pintadas en tonos pastel y tenían su característico jardín delantero de césped perfecto. Reinaba la tranquilidad y apenas pasaban coches. Me imaginé a los niños jugando a la pelota los domingos por la tarde.

El coche aminoró la velocidad, parecía que habíamos llegado. Tom aparcó enfrente de una casa morada, la nuestra. Cogió mi equipaje y me animó a seguirlo. Hacía mucho calor. Para mi sorpresa, en vez de ir por la puerta delantera, giró y caminó hasta la puerta de atrás. Antes de entrar, se paró en seco. Con un gesto me indicó que pasara yo delante y que abriera la puerta, que no hacía falta llave. Aquello fue otra cosa que me llamó la atención. Por lo visto, en aquel barrio era un hábito entre los vecinos dejar la puerta abierta. La empujé con miedo y entré.

Había un vestíbulo lleno de bicicletas y se oían murmullos. Olía a cebolla y a ajo, un olor que me transportó a mi casa por unos segundos. Tom dejó la maleta apoyada en una pared y, al ver que yo me quedaba parada, tomó la iniciativa de la situación:

—¡Chicos! Lola acaba de llegar —gritó asomándose al salón, un espacio abierto y comunicado con la cocina. Me hizo un gesto para que lo siguiera.

—¡Hey! ¡Bienvenida! —dijeron varias voces casi al unísono. Se los oía contentos de que hubiera llegado.

—¡Hola! —contesté en voz alta, aunque con timidez, mientras seguía a Tom y me asomaba a la cocina. Parecía que estaban todos.

Se respiraba un ambiente relajado en esa casa, con música jazz de fondo, estaban preparando la cena. Se presentaron con una sonrisa y un apretón de manos. Hice un esfuerzo extra por grabarme el nombre de cada uno de ellos, y los repetí varias veces en mi cabeza.

Sin pararnos mucho a hablar con ellos, Tom me guio hasta mi habitación. La casa tenía un suelo de madera quebradiza y tres pisos. Mi habitación estaba en el segundo, en una de las esquinas, y tenía dos ventanas por las que entraba la luz del atardecer. No era demasiado grande, pero estaba amueblada con lo necesario: una cama, un escritorio y un armario. Me mostró donde estaba el baño y me dio un par de toallas. Pospuso el resto del tour por la casa para otro momento y bajó a unirse con los demás. Me dejó privacidad para que me instalara y tomara una ducha.

La puerta no tenía pestillo, lo cual me intranquilizó un poco, al fin y al cabo, estaba en una casa rodeada de extraños. Intenté no pensar demasiado en ello. Si me entraba la paranoia por la noche, siempre podía bloquear la puerta con la maleta. Me di una ducha rápida y bajé a la cocina.

Cocinaban *risotto*, sin prisa, entre vino y marihuana. Me uní a la conversación, y poco a poco fui aprendiendo detalles de mis compañeros de casa. Chris, ingeniero recién graduado, era alto y delgado como Tom; le encantaba escalar. Tenía pensado irse a vivir a Barcelona y no paró de hacerme preguntas de España y pedirme consejo. Sam era el mayor de todos, pero tenía un espíritu infantil y cuerpo menudo. Trabajaba como músico y camarero en un restaurante prestigioso de Cleveland y le encantaba cocinar. Después estaba Michael que tenía unas aficiones similares a las de Sam: también era músico y daba clases de cocina a niños en una de las escuelas de educación alternativa de la ciudad. Por último, Calvin era de París e investigaba en la Cleveland Clinic. Era muy simpático y tenía un fuerte acento francés. Todos parecían contentos de que estuviera allí. Era una suerte haber aterrizado en una casa como esa. El *risotto* estaba delicioso y repetí dos veces. Estaba muy a gusto y me hubiera quedado hablando con ellos hasta la madrugada, pero entre el viaje y el *jet lag* necesitaba dormir.

Antes de cerrar los ojos, le escribí un mensaje a Yazid para decirle que había llegado y que todo estaba bien. Como eran siete horas menos en Amman, ya se había despertado y me llamó. Seguía sin aceptar que hubiera elegido esa casa como alojamiento y me volvió a pedir que me fuera a otro lugar donde mis compañeros no fueran solo chicos. No conseguía entender mi perspectiva. Pensaba que era una falta de respeto hacia él. Repetía y repetía que lo había hecho a propósito para ponerlo a prueba.

Yo, en cambio, lo veía de otra manera y no conseguía comprenderle. Me dolía que, en vez de que recordase que si estaba allí era por nosotros, para luchar por un futuro en común, solo le importase que viviera con cuatro chicos. Quizás yo fuera egoísta y pecase de ingenua, pero, para mí, aquella casa era un lugar perfecto. Mis compañeros de piso me enseñarían la ciudad y podría pasármelo bien fuera del hospital, mejorar mi inglés... Confiaba en mí misma, estaba enamorada de Yazid como nunca lo había estado de nadie y todo eso lo hacía por él, por nosotros. ¿Qué más pruebas necesitaba?

Aquella noche no tenía ganas de discutir y zanjé la conversación diciéndole que era una petición irracional y que me pensaba quedar allí. Yazid se enfadó conmigo y terminó la llamada con un escueto «ya hablaremos, me tengo que ir» que encerraba muchas palabras y sentimientos.

Supongo que las intenciones, a veces no son suficientes para justificar los actos a ojos de otra persona, sobre todo cuando esta tiene una perspectiva completamente distinta.

12

Aquella conversación con Yazid me afectó bastante. No solo por lo vulnerable que me sentía en esos momentos, al encontrarme lejos de casa, sino también por lo injusta que me parecía su reacción. Nuestras perspectivas, o realidades, eran muy distintas. Por más que intentaba ponerme en su piel, no conseguía comprender su postura. No entendía que su reacción venía del miedo a perderme y a la posibilidad de que ocurriera con él lo mismo que había sucedido el verano anterior con Daniel. En cambio, a mí me parecía un miedo irracional. La única razón por la que estaba allí era el estar juntos. Creía haberle demostrado lo mucho que le quería, lo enamorada que estaba. Cuanto más lo pensaba, más absurdo me parecía.

La única manera de solucionarlo pasaba por que él entrara en razón o yo me cambiara de alojamiento, pero esta segunda opción ni la barajé. Decidí darle espacio para que reflexionara. Estaba convencida de que yo tenía la razón y de que tarde o temprano él también me la daría. Pero lo que no entendía en esos momentos era que las cosas se veían muy distintas desde la perspectiva de Yazid. Al fin y al cabo, los dos teníamos parte de razón y todo dependía del punto de vista desde el que se mirasen las cosas.

Aunque Yazid no se fue de mi mente ni por un segundo y me sentí triste con la situación, aquel fin de semana intenté evadirme y disfrutar de Cleveland tanto como pude. Mis compañeros de casa eran muy simpáticos y me hicieron sentirme bienvenida desde el primer momento. A Sam le habían regalado varias entradas para el partido de béisbol de los Cleveland Indians, el equipo de la ciudad, y nos invitó a Calvin y a mí.

Nunca había visto un partido de béisbol y tenía curiosidad. Esperaba otro ambiente, un estadio lleno de gente en tensión y con la atención fija en el partido, pero me encontré algo muy distinto. El ritmo era más bien lento y no importaba perderse una jugada por ir al servicio o llegar tarde. Así muchos llegaban ya empezado el juego o se iban antes para evitar atascos. Para la mayoría de los espectadores el partido era secundario. Parecía más una excusa para socializar mientras se bebía cerveza y se comían perritos calientes o nachos con queso. La gente no gritaba tanto como en el fútbol español y los momentos de mayor concentración se producían cuando se coordinaba toda la grada para levantar los brazos y hacer la ola. También se creaba cierta expectación en el momento de la cámara del beso, que iba grabando a los espectadores en los descansos. Si estos salían en las pantallas gigantes del estadio, tenían que besar a su pareja. No paraban de cumplirse muchos de los estereotipos de las películas.

Aquella tarde me sentí como un figurante en una película de Hollywood.

El resto del fin de semana estuve en casa preparándome para las prácticas, que empezarían el lunes. Calvin me llevó a hacer la compra al supermercado del barrio y Chris me ayudó a poner a punto la bicicleta que me había dejado Tom para ir al hospital. En aquella casa parecía que siempre había música de fondo, ya fuera en la radio o en vivo. Michael y Sam solían practicar en el salón. Muchas veces invitaban a otros amigos músicos a casa, para tocar o simplemente para pasar el rato juntos. Sin ir más lejos, aquel domingo organizaron una barbacoa en el jardín. Mientras unos cocinaban hamburguesas y salchichas, otros tocaban canciones con las guitarras. Michael tenía mucho talento y parecía que ningún instrumento se le resistía: tocaba la guitarra, el piano y la armónica.

Después de aquel fin de semana tranquilo y de aclimatación, la dinámica cambió drásticamente el lunes. Apenas eran las seis y media de la mañana, y con los primeros rayos de sol me fui en bicicleta rumbo al hospital. Había memorizado la ruta la noche anterior y recorría el mapa mental a la vez que cruzaba las calles.

Llegué al hospital y respiré aliviada al ver que no me había perdido. Estacioné mi bicicleta en un pequeño aparcamiento para estas que había en la entrada y me coloqué la camisa por dentro de los pantalones. Caminé nerviosa hacia el imponente hospital, expectante por ver cómo sería aquel lugar y mi experiencia. Deseaba que me gustara y al mismo tiempo sentía la presión por tener que hacerlo bien. De hacerlo bien en aquella rotación dependía el conseguir mi primera carta de recomendación. Uno de los elementos claves para solicitar la residencia en un hospital. Entré en el vestíbulo, era enorme. Tenía los techos altos y el recibidor me recordó al de un hotel. Mientras buscaba el ascensor, me crucé con médicos y residentes que, con prisa y gestos automatizados, me adelantaron sin prestarme mayor atención. Subí hasta la tercera planta, donde estaba el área de Neurociencias y en la que había pacientes hospitalizados con problemas neurológicos. Además, en otra parte del hospital había una torre llamada Neurological Institute y en ella se reunían las consultas o clínicas de las subespecialidades de Neurología: entre las que destacaban epilepsia, demencia, esclerosis múltiple e ictus. Me impresionó el nivel de especialización que había. Hacer la residencia en un lugar como ese era una gran oportunidad.

Había quedado con el doctor Ramos en la sala donde trabajaban los residentes. Después de dar varias vueltas y perderme por la planta, decidí preguntarles a las enfermeras. Parecían ocupadas y, sin inmutarse, me indicaron la sala con un gesto con la cabeza y siguieron trabajando.

Con vergüenza, entré. La sala era más bien pequeña y apenas había hueco entre un sofá, una mesa cuadrada con sillas y la zona de los ordenadores, donde había dos residentes sentados. Instantáneamente, percibí la sorpresa en la mirada de los residentes. Parecía que ninguno me esperaba, que nadie les había dicho que ese era mi primer día.

—Hola, ¿cómo te llamas? ¿Eres una de las estudiantes de Medicina? —dijo uno con voz apagada—. Yo soy Marc, residente de segundo año. —Después de presentarse, se giró otra vez a la pantalla del ordenador y siguió escribiendo a toda prisa.

—Hola, encantada. —Intenté suavizar mi acento y hablar despacio, sabía que ese era uno de mis puntos débiles—. Vengo a rotar con el doctor Ramos.

——¡Ah, hola! —contestó una chica rubia y menuda—. Soy Ashley, residente de cuarto año. Encantada. El doctor Ramos no nos había dicho nada. ¿Tienes tu identificación o te han dado la clave para tener acceso al ordenador?

—No, la verdad es que acabo de llegar. —Estaba confundida y no había caído en la cuenta de que me haría falta una tarjeta identificativa—. ¿Dónde está el doctor Ramos?

—No llegará hasta las nueve. No te preocupes, esto pasa siempre —dijo Ashley sin cambiar el tono—. Puedes ir a ver a Doris Jackson, se encarga de estas cosas. Ve al edificio sur, a la planta cuarta, gabinete cincuenta y seis. Te ayudará con el proceso. —Ashley apuntó el número en una hoja de papel, sonrió mientras me lo daba—. Si estuviéramos menos ocupados, te acompañaría. Lo siento. —Se giró y se puso a escribir en el ordenador también.

Me había imaginado otro recibimiento. Me rodeó una sensación de inseguridad y de estar en el lugar equivocado. Los residentes habían asumido que sabía lo que tenía que hacer, pero el doctor Ramos no me había explicado nada. Por mi falta de experiencia, y tal vez ingenuidad, había creído que solo tenía que aparecer por allí. Confundida, cogí mi mochila y doblé mi bata blanca de la universidad de Oviedo y me fui a buscar a la tal Doris Jackson.

Pasé la mañana de una oficina a otra; primero la identificación, luego la firma de documentos de confidencialidad. Tanto papeleo me parecía absurdo. Por fin, con todo completado regresé a la sala de trabajo. Eran las once y media y los residentes justo habían terminado de pasar planta y hablaban de las pruebas y tratamientos de los pacientes. Allí estaba el doctor Ramos, sentado y presidiendo la mesa. Tenía una frente prominente, con entradas marcadas y el pelo gris, y unas gafas redondas. Llevaba una pajarita morada que no pegaba en absoluto con su camisa azul. Levantó la cara y, cuando me vio, cambió el gesto.

—¡Hola, Lola! Soy el doctor Ramos, encantado. Disculpa que no te avisara de la parte burocrática. Honestamente, me olvidé. —Me dijo en español. Sonrió, parecía buena gente—. Si quieres, podemos ir a comer algo y así hablamos un poco.

—Vale, me parece genial —contesté tímida. Después de su despreocupación inicial, no esperaba que me invitase a comer.

—Dame diez minutos. —Cambió al inglés y terminó de repasar la lista de los pacientes con el equipo.

Fuimos a la cafetería, que tenía un techo alto y traslúcido por donde entraba la luz natural. Había plantas en cada esquina y también separando las mesas. Era un lugar bastante agradable. En la cafetería había muchas opciones de comida y se podía elegir desde pizza a sushi, pasando por ensaladas en las que cada uno podía elegir los ingredientes. A pesar de todas las opciones, no encontré el clásico pincho de tortilla o bocadillo de jamón y queso. El doctor Ramos eligió pizza y yo, por educación, hice lo mismo, aunque en esos momentos lo que más me apetecía era una ensalada. Nos sentamos en una de las mesas. A pesar de su ajetreado horario, estuvimos hablando durante casi dos horas, hasta que nos interrumpió una llamada de una urgencia que tenía que atender.

El doctor Ramos me habló de su trayectoria, de la vida en Estados Unidos y de su familia. Había hecho la residencia en España, pero luego decidió mudarse a Boston para investigar. De eso hacía casi quince años. Hizo la residencia de Neurología en Harvard y se especializó en ictus. Para mi sorpresa, no echaba nada de menos España y estaba muy contento en Estados Unidos. Sobre todo por su salario, que le permitía viajar cuando quería o, mejor dicho, le permitía viajar a donde él quería cuando su horario se lo permitía. Trabajaba demasiado y apenas le daban dos semanas de vacaciones anuales. Había conocido a su mujer tres años atrás en Cleveland. Era taiwanesa y habían tenido una niña el año anterior. El doctor Ramos había logrado tener una vida en Estados Unidos y no pensaba volver a España.

Aquel lunes de introducción fue el más corto y después de comer con Ramos me marché a casa. Los demás días, en cambio, pasé más de diez horas en el hospital. No estaba acostumbrada a jornadas tan largas y madrugar tanto se me hacía cuesta arriba. Además, hablar en inglés añadía un esfuerzo mental extra. Llegaba a casa agotada y sin ganas de nada. Por otra parte, los sábados también debía ir, lo que en España hubiera sido una aberración.

Las cosas eran muy distintas y se esperaba mucho más de los estudiantes. En las prácticas del hospital de Oviedo solíamos adoptar una postura pasiva y simplemente observar cómo el médico o el residente hablaban con los pacientes. En cambio, allí los estudiantes hablaban con ellos y los examinaban. Asimismo, la estructura de trabajo era distinta. Antes de hacer la ronda con el médico, los estudiantes y residentes veían al paciente y preparaban un plan. Así, cuando el doctor llegaba, en este caso el doctor Ramos, todos los pacientes habían sido vistos y examinados.

Yo rotaba con dos estudiantes de Medicina que me daban mil vueltas. Se desenvolvían mucho mejor que yo con los pacientes y el examen neurológico, que hacían de una manera rápida y sistemática, como si no les costase trabajo. A diferencia de ellos, yo solía olvidarme de alguna parte del examen físico, ya fuera de revisar los reflejos o la coordinación. Me daba cuenta después, y tenía que regresar a la habitación a completarlo. Por otro lado, aunque muchos pacientes no articulaban bien las palabras debido a sus problemas neurológicos, en la mayoría de las ocasiones me costaba entender su acento, para mí cerrado. Lo mismo sucedía con los residentes, no solo cuando hablaban de temas no relacionados con la medicina, sino también cuando lo hacían sobre los pacientes y sus diagnósticos o tratamientos. Tenían la costumbre de usar abreviaturas que yo nunca había escuchado y me daba vergüenza preguntarles. En silencio, apuntaba las palabras en mi libreta y luego buscaba en internet el significado.

En general, los residentes eran simpáticos e intentaban ayudarme siempre que podían. Poco a poco conocí sus historias y descubrí que muchos eran extranjeros como yo. En general, eran bastante serios y solían separar la vida laboral de la personal. Una vez terminado el trabajo, cada uno se iba a su casa. Quizás estaban muy ocupados o cansados, pero en España los residentes solían hacer planes juntos y forjaban una relación distinta, más familiar. Me alegraba de compartir casa con los chicos y hacer planes con ellos o de, simplemente, encontrar conversación al llegar a casa. Si hubiera elegido vivir con aquella señora, me habría sentido mucho más sola.

Mientras pasaban los días, en silencio echaba de menos a Yazid y no paraba de pensar en él. Me costaba horrores no escribirle, pero había decidido que tendría que ser él quien diera el paso. Pasaron casi dos semanas hasta que retomamos la comunicación. Fue un mensaje neutro en el que me decía que quería hablar conmigo, por videollamada. No conseguí entender muy bien sus intenciones y me sorprendió la frialdad que transmitían sus palabras. A pesar de ello y de que aún seguía dolida, me alegré de que me hubiera escrito. Intenté sonsacarle de qué quería hablar, pero respondió a mis preguntas con un «Ya te contaré cuando hablemos».

Me desperté el domingo pensando en la conversación que iba a tener con Yazid. Me preguntaba si querría algo en especial o solo arreglar las cosas. Después de su mensaje tan enigmático no sabía qué esperar. La noche anterior habíamos hecho una barbacoa en el jardín y había bebido demasiada cerveza, ahora me dolía la cabeza. Como acostumbraban, los chicos habían invitado a sus amigos y pasado la noche tocando canciones y bebiendo. Afortunadamente, no siempre era yo la única chica en estas reuniones y las novias de varios de ellos y la vecina de al lado, Lisa, también se habían unido la noche pasada.

Escribí a Yazid. Tenía hambre y, como tardaba en contestar, decidí bajar a la cocina a coger una rebanada de pan con Nutella, mi desayuno estrella en Cleveland. Bajé las escaleras. Olía a mantequilla y había un murmullo en la cocina. Calvin estaba haciendo tortitas con Sam

—¡Buenos días! Qué resaca. —Saludó Calvin—. ¿Quieres desayunar con nosotros? —me preguntó al verme coger el bote de Nutella.

—Buenos días, chicos. Me encantaría, aunque primero tengo que hacer una llamada, creo que no me llevará más de media hora —contesté quitándole importancia a la conversación con Yazid—. ¿Me avisáis cuando estéis? —Guardé la Nutella.

—Vale, genial —sonrió Sam—, preparamos también para ti.

Me fui con un vaso de agua a la habitación y apoyé el ordenador en la cama mientras me sentaba en el suelo de madera. Yazid me había escrito que ya estaba conectado al Skype. Me conecté yo también. Se me formó un nudo en el estómago.

Me alegré de verlo, aunque fuera en la pantalla. Estaba bastante serio y tenía un aire triste. Hablamos un poco de nada y de todo a la vez. Era como si quisiera decirme algo, pero no se atreviera, como si se debatiera entre decírmelo o no. Me preguntó por Cleveland y por el hospital. Me contó que tendría el primero de los exámenes americanos en apenas un par de semanas, un mes antes de lo planeado.

Tras esquivar el tema, por fin se atrevió a compartir sus pensamientos.

—Lola, ¿sabes cuando escondes una caja de chocolates en tu habitación porque tienes miedo de que otros se la coman cuando tú no estás? —Miraba hacia otro lado—. Pues así me siento contigo. Tenerte tan lejos me causa profunda ansiedad y miedo. No puedo confiar en ti si sigues en esa casa.

—No sé por qué piensas así, Yazid. Ya sabes por qué estoy aquí; además, me tratan muy bien y son muy simpáticos. Te pido, por favor, que confíes en mí...

—Y yo te pido, por favor, que te mudes. No puedo seguir así. Lo siento. —Bajó la mirada

Aquella conversación seguía pareciéndome injusta y su reacción, desproporcionada y egoísta. Mientras intentaba explicarme y le dábamos vueltas a lo mismo, Sam tocó a mi puerta.

—¡Hey! Las tortitas están listas. —Sus pasos se alejaron por el pasillo.

Yazid torció el gesto y, cabreado, terminó la conversación de golpe. Parecía que eso era lo que necesitaba para concluir con lo nuestro.

—Está claro que ahí estas muy bien. Entiendo tus preferencias, Lola. No tienes en cuenta mis sentimientos y yo así no puedo estar. —Hizo una pausa, le costaba pronunciar las palabras. — Creo que lo mejor es que nos olvidemos el uno del otro. Me tengo que ir. Hasta luego.

Se desconectó sin darme tiempo a contestarle. La habitación se quedó en silencio y una profunda tristeza se apoderó de mí. Lloré. Apagué el ordenador y mi reflejo en la pantalla me pareció absurdo. ¿Acaso lo estaba haciendo tan mal? No podía creer que nuestra relación fuera a terminar así, después de todo lo que estaba sacrificando por nosotros.

13

Aquella conversación marcó el final de nuestra relación. Su reacción había sido desproporcionada e injusta. Había volcado sus inseguridades en mis acciones. Entendí que la única solución para que se arreglara lo nuestro pasaba por que yo me fuera de esa casa. Sabía que, si cedía a su petición irracional, esa sería la primera de muchas otras renuncias. Me dolía mucho la situación, pero por delante de él, estaba el ser fiel a mí misma. No iba a ceder.

A pesar de estar convencida de que tenía la razón, los siguientes días fueron difíciles. Ahora que ya no estábamos juntos, me sentía absurda en aquel lugar. De pronto, mi estancia en Cleveland ya no tenía sentido. Sin Yazid en mi vida, me costaba encontrar la motivación para seguir allí. Tardé varios días en cambiar de actitud y volver a disfrutar y valorar aquella experiencia.

Con el paso de las semanas, mi tiempo en el hospital mejoró. Entendía cada vez más lo que decían los residentes y los pacientes. Las siglas que en un principio sonaban a chino empezaban a repetirse. Ahora que conocía su significado, las cosas adquirían sentido. Dominaba el examen neurológico y sorprendía al Dr. Ramos presentando pacientes con la soltura de los estudiantes de allí.

Por la mañana era la primera en salir de casa. A veces coincidía con Chris, que también madrugaba tanto como yo y se ofrecía para llevarme en coche sí llovía. Otras veces, si empezaba a llover por la tarde, Sam venía a buscarme al hospital. Los dos tenían coches con un maletero enorme, por lo que la bicicleta nunca era un problema. Todos me cuidaban como si fuera su hermana pequeña. Por las noches, cada uno solíamos cenar a una hora diferente. Cuando coincidíamos varios, nos sentábamos en la mesa grande del comedor o afuera, en el jardín, y hablábamos de nuestros problemas y de lo cotidiano.

Una noche, varios días después de aquella conversación con Yazid, hicimos una de nuestras cenas de familia, como Michael las llamaba. Después, salimos al jardín de atrás y, nos sentados con sillas alrededor del fuego. Habíamos bebido vino y el ambiente estaba muy distendido. Lisa, la vecina, había traído marihuana de Colorado. Mientras nos pasábamos el porro, salió el tema de las relaciones románticas. Calvin habló de su falta de suerte en el amor tanto en Francia como en Estados Unidos. Seguía sin conocer a alguien que le gustara de verdad. Se había abierto un perfil en varias aplicaciones de citas, pero solo encontraba relaciones superficiales. Con estas aplicaciones había tantas opciones que sentía que siempre podría encontrar algo mejor. Solo tenía que deslizar el dedo por la pantalla las suficientes veces para encontrar a una chica más guapa o con un mejor trabajo. Esa sensación de tener infinitas opciones hacía que pronto perdiera el interés.

Sus reflexiones me parecieron muy interesantes; yo desconocía el mundo de las citas online. En España ninguna de mis amigas o de mis conocidos las usaban. Quizás Estados Unidos nos llevaba la delantera en las tendencias en el amor. Yo prefería algo más tradicional, más real. Calvin estaba sentado a mi lado y con el porro también me pasó el turno de palabra.

No hicieron falta demasiadas introducciones. Con mayor o menor detalle, todos sabían de Yazid. Había sido inevitable hablar de él cuando les expliqué los motivos de mi estancia en Cleveland. Lisa era la que mejor conocía la historia. Se había convertido en mi apoyo en aquella ciudad y sabía de mi última conversación con él. Los demás, en cambio, apenas sabían los últimos acontecimientos y pensaban que todo iba bien entre los dos. ´

Cuando les conté que lo habíamos dejado porque él quería que me fuera de esa casa y no confiaba en mí ni en ellos les cambió el gesto. Hubo unos segundos de silencio hasta que Michael dijo algo que me dio mucho que pensar.

—Su reacción es injusta, Lola. Aunque deberías comprender que él no está aquí para ver quiénes somos o cómo te comportas con nosotros. A veces la mente nos juega malas pasadas y nuestros pensamientos cambian la manera en la que percibimos la realidad.

Michael tenía unos tres años más que yo. Era muy empático y tenía una visión de las cosas muy interesante. Me recordaba a

Daniel con su mentalidad abierta y comprensiva. Sus palabras me ayudaron a adquirir cierta perspectiva y aquella noche me puse un poco más en el lugar de Yazid. Empecé a entender lo él estaba sufriendo con esa situación y el resquemor que sentía se suavizó. Sabía que mi conducta en el pasado, al serle infiel a Daniel, había creado cierta inseguridad en él. Eso, añadido a la distancia que había entre los dos y a mi decisión de vivir rodeada de chicos, acentuaba aún más ese miedo. Al fin y al cabo, Yazid no tenía ninguna garantía de mi comportamiento. Pensé en escribirle e intentar arreglar las cosas, pero sabía que a no ser que dejara esa casa, Yazid no cedería. Le echaba de menos, pero decidí mantener ese silencio. Necesitaba reflexionar.

El verano seguía su curso en Cleveland y el mes de julio dio paso a agosto. Tanto el doctor Ramos como los residentes que estaban en el servicio de Neurología cambiaron y Ramos fue relevado por el doctor Johnson que tenía un estilo completamente distinto. Era uno de los médicos más mayores y sabios del departamento y también uno de los favoritos entre los residentes. Bajito y sin pelo, tenía una calva perfectamente afeitada y brillante que apetecía tocar. Usaba pajarita, como el doctor Ramos, y abrochaba la bata blanca siempre hasta el último botón. Solía bromear con todos, incluso con los pacientes, aunque conseguía mantener la profesionalidad y el respeto. No es que el doctor Ramos fuera peor médico o menos simpático, pero sí mucho más serio, y los residentes no estaban tan relajados a su lado. Tal vez el ser más joven y extranjero, con acento, le forzaba a comportarse así para ser respetado.

Los estudiantes de medicina también cambiaron en agosto. Entre los nuevos, estaba Rahim, de Pakistán. Era muy simpático y no tardamos en congeniar. Me contó que en su país la medicina, y la vida en general, no estaban muy bien y que quería hacer la residencia de Neurología en Estados Unidos. Pensaba enviar su solicitud ese mismo otoño. Me recordó a los estudiantes jordanos. Entendí un poco mejor por qué había tantos estudiantes de Medicina extranjeros de países con conflictos y economías inestables. A fin de cuentas, todos buscaban estabilidad.

Rahim hacía esas prácticas para conseguir la última carta de recomendación que le hacía falta y confiaba en conseguir una entrevista en ese hospital. Su hermano mayor era residente de Medicina Interna en Detroit y lo había guiado en el camino.

Le conté un poco mi historia, sin mencionar a Yazid, y le dije que, igual que él, me planteaba hacer la residencia en Estados Unidos. Hablar con Rahim me hizo sentirme comprendida y me ayudó a entender un poco más el sistema americano. Se ofreció a dejarme los apuntes y me explicó con todo lujo de detalles qué libros debería leer para sacar una buena nota en los exámenes.

Ahora que no estaba con Yazid, la idea de hacer la residencia en Estados Unidos estaba en el aire, pero tenía que admitir que empezaba a planteármelo como una opción independiente a nuestra relación. En ese tiempo había aprendido que la formación de los residentes allí era extraordinaria y que sería toda una experiencia formativa, personal y vital. Por ejemplo, me gustaba mucho la diversidad cultural de los residentes —que venían desde Taiwan hasta Colombia, pasando por Egipto—, y la importancia que le daban al rigor científico: estaban al día de los últimos estudios publicados y se basaban en ellos para tomar muchas decisiones terapéuticas. Me encantaba que cada día, a la hora de comer, hubiera una conferencia sobre un tema o enfermedad. Durante ese tiempo, los residentes dejaban de trabajar para comer juntos a la vez que aprendían algo nuevo. Hacer la residencia en aquel país sería un camino mucho más duro que hacerla en España, pero siempre podía regresar y mi experiencia se valoraría mucho. Por todos estos motivos la idea, que nunca me hubiera planteado de no haber sido por Yazid, cobraba cada vez más fuerza.

Tras hablar con Rahim y escuchar las opiniones de otros residentes extranjeros, decidí que formarme como médico en aquel país sería una gran oportunidad. Iba a luchar por conseguirlo y tomaba esa decisión por mí. Si Yazid estaba o no en mi vida no cambiaría las cosas. Aunque en el fondo, aún tenía la esperanza de que las cosas se arreglasen con él y pudiéramos seguir nuestro sueño de estar juntos en Estados Unidos.

Rahim, que era un experto en el proceso, me dio cientos de consejos. Entre ellos, estaba el de que hiciera algo de investigación mientras preparaba los exámenes americanos. Me explicó que, cada año, miles de estudiantes extranjeros solicitaban una plaza para hacer la residencia y cada vez había más competencia. Aparte de unas buenas notas, hacía falta tener algo más para destacar entre todos ellos. Tener experiencia en investigación y artículos publicados en revistas científicas marcaban una gran diferencia.

Los días pasaron entre el ir y venir del hospital y llegó septiembre. El verano se había ido casi sin darme cuenta. El último día de prácticas me despedí de mis compañeros y también del Dr. Ramos. Todos me apoyaron con la idea de hacer la residencia en Estados Unidos y se ofrecieron para ayudarme con cualquier cosa. Me sentía muy arropada.

Mientras regresaba a casa pensé en lo mucho que había crecido personal y profesionalmente aquellos tres meses. Había hecho mi primera rotación de Neurología en Estados Unidos y, además de aprender mucho sobre ella, me había ayudado a decidir mi futuro: hacer la residencia en ese país. Por otro lado, también había conseguido mi primera carta de recomendación, una parte importante en el proceso de solicitud de plaza. A nivel personal, me había conocido más a mí misma y conocido gente de diferentes nacionalidades. Muchos de los cuales se habían convertido en amigos y me habían ayudado a conocer el mundo un poco más. Había sido capaz de sobrevivir con mi escueto presupuesto y, lo más importante, de valerme por mí misma.

Lo único negativo de aquel verano había sido terminar con Yazid. Aún me costaba procesarlo, pero sabía que en aquellos momentos no tenía solución.

Regresé a España un cinco de septiembre, con ganas de ver a mi familia y amigas, y también el mar. Iba a echar de menos Cleveland y mis días en Scarborough.

14

6 de septiembre de 2014

Gijón, Asturias, España.

Llegué un sábado por la mañana al aeropuerto de Asturias. El olor a mar y el abrazo de mi padre me recibieron. Estaba muy contenta de volver a casa. Había echado de menos mi vida en Gijón y tenía muchas ganas de disfrutar de los últimos días de verano. En una semana, Sara y yo cumplíamos años, y mis padres organizaban una barbacoa familiar para celebrarlo. Aquellas reuniones eran mis favoritas. La idea de juntarme con mis tíos y mis primos alrededor de una mesa llena de comida me apetecía muchísimo. También tenía muchas ganas de ver a mis amigas.

A pesar de estar contenta con mi regreso a Gijón, no podía dejar de pensar en Yazid y en cómo habíamos terminado, me daba mucha pena. Hacía más de un mes que no hablábamos y el silencio entre los dos me dolía más de lo que había imaginado. Me preguntaba cómo se sentía en aquellos momentos, sí aún me echaba de menos y pensaba en nosotros. Reprimía una y otra vez mis ganas de hablar con él. Mis amigas me preguntaban y, al saber que ya no había nada entre los dos, se sorprendían. Yo evitaba darles detalles y me daba vergüenza decirles el motivo que había causado la ruptura. No lo hubieran entendido, como yo tampoco pude, y todos esos prejuicios del mundo árabe se materializarían si les contaba lo que había pasado. Le quitaba importancia y cambiaba rápido de tema, ocultando lo mucho que me dolía no hablar con él y lo que lo echaba de menos.

El día de mi cumpleaños, me desperté sonriendo y con ganas de celebrarlo con mi familia. Me desperezaba entre las sábanas mientras abajo, en la cocina, se escuchaba el murmullo de conversaciones de mis padres y mi hermana sobre los preparativos de la comida. Aún me estaba recuperando del *jet lag* y acostumbrándome al horario español, era la última en despertarme.

Estaba cansada y no me apetecía levantarme, pero había muchas cosas que preparar y mis padres agradecerían mi ayuda. Antes de bajar a la cocina, cogí el móvil de la mesita de noche y me escondí debajo de las sábanas. Quité el modo avión y me conecté a Facebook para ver las notificaciones y las felicitaciones de cumpleaños. Tenía mensajes de amigos de la universidad, del instituto… Mientras los leía, me llegó un mensaje de Yazid. Me alegré mucho de que se hubiera acordado de mi cumpleaños y que me escribiera a pesar de cómo habían terminado las cosas. «¡Feliz cumpleaños! Espero que estés muy bien y puedas disfrutar de tu día». Fue un mensaje corto y neutral. Me moría de ganas de hablar con él y, a diferencia de los otros mensajes, que dejé para contestar después, le respondí. Estaba en línea y empezamos a hablar, al principio en un tono distante. Ninguno sabíamos muy bien cómo comportarnos, pero poco a poco la conversación se hizo más distendida y las emociones resurgieron.

Aún teníamos demasiados sentimientos el uno por el otro y se notaba que Yazid quería hablar una vez más de lo que había pasado en Cleveland. Retomamos la conversación en el mismo punto donde la habíamos dejado la última vez que hablamos. No conseguía descifrar el tono de sus mensajes, ni tampoco a donde quería llegar. Parecía que el cumpleaños había sido una excusa para volver a hablar y poder recriminarme mi falta de empatía, una vez más. No me parecía el momento para hablarlo, me agotaba que no avanzáramos en ninguna dirección. Terminamos la conversación a malas y comprendí que las cosas con Yazid no se arreglarían hablando, y menos en la distancia. Toda la alegría que tenía por mi cumpleaños se esfumó. Seguíamos sin entendernos. Me resigné a aceptar que habíamos terminado. Después de aquella conversación no volvimos hablar. En silencio tenía la esperanza de que las cosas cambiasen algún día.

Las siguientes semanas, e incluso meses, fueron bastante tristes. A medida que pasaban los días echaba más de menos a Yazid y no hablar con él no hacía más que intensificar esos sentimientos.

Ese anhelo se convirtió en un círculo vicioso que evolucionó, quizás, en una depresión que escondía entre las paredes de mi habitación. No me apetecía ver a nadie y me encerraba con la excusa de estudiar. Evitaba a mis amigas, así como hacer cualquier cosa con mis padres o mi hermana, que se empezaron a preocupar un poco por mi cambio de comportamiento.

Un día, al final de la comida, mientras estábamos sentados en la mesa, mi madre, cansada de verme así, me sugirió un cambio:

—Niña, ¿Por qué no te apuntas a un gimnasio y así haces algo de ejercicio? —preguntó con voz preocupada—. Pasas demasiado tiempo estudiando. —Se comió un trozo de piña—. Justo me ha dicho una compañera del trabajo que acaban de abrir un gimnasio donde el estadio de fútbol, y que tiene incluso piscina y *spa*.

—Gracias, mamá, sí que es una buena idea. —Le di un sorbo al café y empecé a darle vueltas a su sugerencia.

No me lo había planteado, pero apuntarme al gimnasio era una buena idea. Podría ayudarme a romper esa inercia mental en la que estaba y conocer gente nueva. Una semana después, me apunté. Era un gimnasio muy moderno que tenía de todo, lleno de clases variadas y de una sala enorme de máquinas de cardio y pesas para satisfacer cualquier rutina. Por supuesto, también estaban la piscina y el *spa* que había nombrado mi madre.

Un sábado de diciembre, uno de esos de tarde oscura, después de haber estudiado todo el día, decidí ir al *spa*. Encontraba un gran placer en correr por la playa para luego terminar, relajándome en el jacuzzi.

Eran las ocho de la tarde y el gimnasio cerraba en una hora. Apenas había gente y, con la oscuridad de la noche, un aura de intimidad rodeaba las instalaciones. Me puse un bikini del verano anterior, me envolví en una toalla y fui al *spa*. Abrí la puerta que daba paso al área climatizada y, mientras me quitaba la toalla y la dejaba apoyada en una de las sillas, una voz conocida dijo mi nombre.

—¡Lola! —Daniel estaba apoyado en el borde de la piscina—, ¿cómo tú por aquí?

Di un brinco, no esperaba encontrarme con nadie conocido y menos con él. Salió de la piscina y se acercó a saludarme. El pelo rizado y mojado le tapaba parte de la frente y aún llevaba su barba característica. Vestía un bañador corto de color azul marino. Tenía el torso marcado y los hombros más fuertes, que revelaba que había estado yendo al gimnasio los últimos meses. Estaba muy atractivo y mantenía esa sonrisa y optimismo contagiosos.

Hacía más de un año desde la última vez que nos habíamos visto y mentiría si dijera que no me alegraba de verlo. Nos pusimos al día, hablando con naturalidad y buen rollo, como si todo lo que había ocurrido en el pasado ya no fuera importante. Su compañía me daba mucha paz. Había echado de menos esa energía. Me dejé llevar por el momento y, sorprendiéndome a mí misma, le pregunté.

—¿Te apetece ir a tomar algo o a cenar un día de la semana que viene?

—¡Venga, vale! —contestó sin pensárselo un segundo. Por algún motivo, no parecía haberse sorprendido por mi propuesta.

—¡Genial! ¿Puedes el miércoles que viene?

—Me viene perfecto. —Me sonrió—. ¡Qué bien haberte visto! Por cierto, no sabía que también venías a este gimnasio. ¡Qué coincidencia!

— Pues sí. Me apunté hace un mes. Me gusta venir por las tardes, nunca tan tarde como hoy, pero sí… —Le devolví la sonrisa.

—Yo suelo venir por la mañana, pero justo hoy no he podido. Esta piscina es mi lugar favorito. Sobre todo, cuando no hay nadie. Bueno, tengo que irme, nos vemos la semana que viene. ¡Hasta luego!

Me fui al jacuzzi, que estaba vacío, y allí me quedé con mis pensamientos a remojo, dándole vueltas a lo que había pasado, hasta que cerraron el gimnasio. Estaba enamorada de Yazid, pero nuestra relación no había funcionado y no me quedaba otra opción que olvidarme de él. Ahora que Daniel volvía a aparecer, no podía negar que era una persona especial para mí. Por él sentía más cariño y respeto que otra cosa, pero siempre seguía atrayéndome mucho su personalidad y su físico.

Quedamos a las nueve enfrente de la estatua de Pelayo, en el puerto deportivo. Era una noche cerrada, había estado lloviendo todo el día y la calle estaba llena de charcos. El ambiente era húmedo y frío. Las calles estaban vacías y se notaba que era entre semana. Había estado estudiando todo el día y tenía la cabeza bastante saturada, aun así, tenía muchas ganas de verlo.

Llegué cinco minutos tarde y allí estaba Daniel, apoyado en la valla y mirando los barcos del puerto. Su estilo no había cambiado, aún llevaba esos vaqueros negros apretados con zapatillas planas. Nos saludamos con un abrazo. Su olor me transportó a nuestros días juntos.

Caminamos por el paseo y dimos un rodeo hasta un pequeño restaurante de *sushi* situado en una de las calles paralelas a paseo. Estaba casi vacío y aparte de nosotros solo había un par de clientes. Como solíamos hacer en el pasado, pedimos una jarra de sake y compartimos varios tipos de *sushi*. Teníamos mucho de lo que hablar; de nosotros, de nuestras familias y de nuestros proyectos.

Daniel no se atrevió a preguntarme por Yazid hasta casi el final de la cena. Su gesto cambió cuando le dije que ya no estábamos juntos, que la diferencia cultural entre los dos había sido demasiado grande, que no hablábamos desde hacía meses. A partir de ahí, el tono de la noche cambió y se volvió aún más relajado. Tal vez el sake se nos hubiera subido a la cabeza, pero la atracción que habíamos intentado disimular cada vez era más evidente.

Iban a cerrar el restaurante y, antes de irnos a casa, Daniel me invitó a ver el apartamento al que se acababa de mudar. Vivía en ático en el centro, muy cerca de donde estábamos. Sabía que esa propuesta escondía una invitación a recordar el pasado, y decidí dejarme llevar.

La complicidad y la nostalgia fueron determinantes para que aquella noche termináramos en su cama. En silencio, me mostró lo mucho que me había echado de menos. Sus besos eran el bálsamo que necesitaba y llegaba en el mejor momento. Nos quedamos dormidos.

A la mañana siguiente, nos despertamos abrazados. Daniel me acariciaba la espalda, y yo disfrutaba del tacto cálido de sus dedos. Seguía con los ojos cerrados, en ese limbo entre estar dormido y despierto.

—¿Sabes qué? —Rompió el silencio.

—Dime —. Respondí mientras me acercaba un poco más a él.

—Nunca me he olvidado de ti — Tomó una pausa—, he esperado este momento durante mucho tiempo.

No había ni un ápice de rencor en sus palabras ni en sus sentimientos. A Daniel no le importaba el pasado y, centrado en el presente, estaba dispuesto a empezar de cero. Hablamos de cómo terminó lo nuestro. Por sus palabras supe que en ese tiempo había comprendido que nuestra relación no era todo lo plena y madura que creímos. Que entre los dos existía un hueco enorme que se acentuó aquel verano en Amman. Admiré su madurez, la transparencia de sus palabras y su honestidad, pero lo que más me sorprendió fue su capacidad para perdonar.

—Niña, sé que después de todo lo que ha pasado, quizás tengas aún la cabeza hecha un lío, pero me encantaría que le diéramos una segunda oportunidad a nuestra relación —dijo Daniel con voz suave mientras me daba un beso en el hombro—. La conexión que siento contigo es muy especial y no me gustaría renunciar a ella.

—Rizos —le di un beso, no sabía muy bien cómo continuar—, no tengo las cosas nada claras, pero te tengo mucho cariño y contigo estoy muy a gusto… Podemos intentarlo y ver qué pasa —dije sin estar muy segura. Aún tenía a Yazid en mi mente, pero decidí fluir con la situación.

Las cosas cambiaron de color después de esa noche. Daniel fue como una luz en la oscuridad. Llegó en el momento en el que más falta me hacía falta su presencia, quitándole seriedad a las cosas y recordándome su mundo de las mil y una perspectivas. Se convirtió en mi apoyo y me ayudó a salir de ese agujero en el que había estado metida los últimos meses.

En esta segunda ocasión, Daniel estuvo mucho más presente y, lejos de tener vidas independientes, empezamos a hacer más planes juntos. Su amor por mí era incondicional y me lo demostraba siempre que podía. Me perdonó y volvió a confiar en mí. Nunca manifestó ni el más mínimo signo de celos. Me demostró que quería estar y pasar tiempo conmigo, que el pasado quedaba atrás y no estropearía el presente. Daniel era la persona más comprensiva y empática que nunca había conocido. Una vez más, me enseñaba lo que era el amor.

15

La luna de miel con Daniel duró varios meses en los que creí haber olvidado a Yazid. Era consciente de que refugiándome en él había escogido la ruta más rápida, pero Daniel me entendía tal cual era yo. A pesar de todo lo ocurrido, me había perdonado y conseguía que las cosas fluyeran sin ninguna fricción. La relación con Yazid me había hecho darme cuenta de lo importante que era tener una pareja que confiara en mí, respetase mis decisiones y me apoyara. Daniel eso lo hacía a la perfección. Me daba libertad y me acompañaba en el camino, sin empujarme, sin agarrarme; sumaba y nunca restaba. Con él apenas existían los problemas. A diferencia de Yazid, fue capaz de dejar el pasado atrás, y pudimos centrarnos en el presente y disfrutar el uno del otro.

Me preguntaba cómo había podido portarme tan mal con él y a ratos me arrepentía de mi comportamiento en el pasado. Era verdad que los dos habíamos evolucionado en el proceso y que ahora nuestra relación era mejor: compartíamos muchas más cosas en nuestro día a día y la comunicación era más sincera. Pero como siempre, no todo era perfecto y aún había ciertas cosas en nuestra relación que me hacían dudar. Daniel tenía esa mentalidad abierta y la capacidad de comprender y perdonar lo imposible. Por un lado, era genial, pero, por otro, me hacía temer que un día se volviera en mi contra y fuera a mí a la que le tocase entender sus acciones. Daniel siempre decía que si estábamos juntos era porque queríamos y que, si en algún momento cambiaban nuestros sentimientos, debíamos ser honestos con nosotros mismos y dejarlo. Era muy sincero con sus palabras y verbalizaba lo que muchos no se atrevían a decir, pero esto me hacía temer que me abandonara a la primera de cambio. Mis miedos eran irracionales y seguramente fueran el resultado de proyectar mis pensamientos en él. Después de todo, siempre me había demostrado su amor puro y había sido yo la que le había sido infiel y puesto fin a nuestra relación.

El último año de universidad se fue muy rápido. La mayoría del tiempo lo pasé encerrada en mi habitación, inmersa en estudiar tanto para los exámenes de la universidad como para los americanos. En esa rutina de los libros aprendí a apreciar los atardeceres desde mi ventana y descubrí que los más bonitos ocurrían cuando había nubes.

Poco a poco me fui ausentando de la vida universitaria y de los planes con mis amigas. Seguía de lejos sus fiestas y a veces me preguntaba si de verdad me estaba perdiendo algo importante con mi actitud o si el esfuerzo merecería la pena. Por otro lado, tampoco tenía demasiado tiempo para quedar con Daniel. Él respetaba mis horarios de estudio y nunca me presionaba para vernos, así que solíamos quedar para ir al gimnasio o estudiar juntos. Daniel cursaba Empresariales y sus exámenes solían requerir menos horas de preparación. Sin embargo, aunque acabara antes, leía un libro o se inventaba cualquier cosa para estar conmigo durante mis largas jornadas de estudio.

Nos acercábamos al final del último curso de la carrera. Mientras mis compañeros hablaban de qué academia elegir para preparar el examen nacional de acceso a la residencia, yo me centraba cada vez más en un futuro en Estados Unidos. Aquellas conversaciones me recordaban lo alejada que estaba de ese camino y lo diferente que eran los dos sistemas. En España todo dependía del examen MIR, mientras que en Estados Unidos, además de sacar buena nota en los tres exámenes, tenía que obtener las cartas de recomendación, enviar las solicitudes y luego superar las entrevistas. Sentía vértigo al pensar en todo lo que aún tenía por delante, y el miedo al fracaso me llevaba ocultar mis planes de futuro a mucha gente de mi alrededor.

A veces, cuando me costaba concentrarme o tenía un mal día, me entraban las dudas y me planteaba si debía seguir o no. No confiaba en mí lo suficiente y el miedo me paralizaba. En esos momentos de debilidad, Daniel siempre estaba ahí para apoyarme con su sonrisa y su optimismo. Esa seguridad que me hacía sentir contrastaba con la incertidumbre de nuestra relación y la falta de planes de futuro juntos. Aquel era un tema tabú. Tal vez ninguno de los dos tuviéramos las cosas lo suficientemente claras como para sacarlo o no supiéramos cómo afrontar la situación.

Después de varios meses de esquivar la conversación, días después de la ceremonia de graduación, cuando la incertidumbre sobre nuestro futuro se hizo más presente, Daniel sacó el tema. Estábamos en su habitación. Yo estudiaba y él leía un libro sobre diseño, uno de sus *hobbies*.

—Niña, quiero que sepas que estoy muy orgulloso con todo lo que te estás esforzando para llegar a donde quieres —me dijo mientras se incorporaba en la cama y se apoyaba en la pared—, pero a veces me pregunto a dónde va nuestra relación. —Apoyó sobre sus piernas el libro abierto.

—Ya…, estoy de acuerdo —respondí mientras buscaba cómo continuar—. No sé muy bien qué decir. Aún queda mucho para que me vaya a vivir a Estados Unidos y, quizás, los exámenes no salgan bien y al final haga el examen MIR y me quede en España.

—Tienes toda la razón. Aún es pronto para saberlo. —Daniel se quedó pensativo, en su cara percibí la preocupación—. Supongo que es mejor que nos centremos en el presente. Al fin y al cabo, nadie sabe lo que va a depararnos el futuro o que pasará entre los dos.

Sus palabras se quedaron suspendidas en el aire y no supe cómo continuar la conversación. Aquel día entendí que a Daniel le preocupaba mucho más nuestro futuro que a mí. Aquella conversación me hizo reflexionar y darme cuenta de que, aunque aquella segunda parte fuera mucho mejor que la primera, aún nos quedaba un largo camino.

No estaba tan segura de nuestra relación como para pedirle que se viniera a Estados Unidos conmigo. Todavía quedaban varios meses. Esperaba en ese tiempo decidirme en una u otra dirección. No entendía por qué, después de todo ese tiempo juntos y con lo que Daniel me había demostrado, no era capaz de tenerlo claro. Quizás el no saber qué hacer fuera una decisión en sí misma y lo mejor era que me fuera sola a Estados Unidos. A veces me preguntaba si esas dudas estaban motivadas por Yazid. Aunque el silencio entre los dos se había normalizado y ya no me molestaba, aún pensaba en él. Me costaba reconocerlo, pero todavía lo echaba de menos.

Entre libros se pasó el verano y por fin hice el primero de los exámenes americanos. Tuve que viajar a Madrid, el único lugar en el que había un centro homologado. El examen duró siete horas en las que creí perder la cabeza. No salí con muy buenas sensaciones y mis miedos se confirmaron cuando recibí la nota. No había suspendido, pero era mucho más baja que la que necesitaba para ser una estudiante competitiva con opción a obtener un puesto de residente. Aun así, no tiré la toalla.

En los foros de extranjeros, que tanto había consultado para resolver dudas sobre el proceso americano, se relataban experiencias de otros estudiantes, que, como yo, habían tenido una nota baja en el primer examen. Muchos hablaban de la importancia de la investigación en estas situaciones, sobre todo para destacar entre el resto de los solicitantes y conseguir contactos que les ayudaran. Aquello resonó en mi cabeza y me recordó a las palabras de Rahim. Al leer sus historias me animé a hacer lo mismo. Intentaría conseguir un trabajo de investigadora para mejorar mi currículo antes de solicitar la residencia.

Aparte de consejos, aquel foro estaba lleno de historias de superación personal. Era una fuente de inspiración que me ayudaba a continuar luchando por esa plaza de residente de Neurología en Estados Unidos. Cuando comparaba sus circunstancias con las mías, me sentía afortunada. Muchos huían de países en guerra y sin recursos, mientras que yo lo hacía por puro interés intelectual y afán de crecimiento personal. Al principio motivado por Yazid, sí; pero eso había quedado en segundo plano.

Siguiendo el consejo de Rahim y del foro, me decidí a escribir un email a diferentes neurólogos investigadores de Estados Unidos. En él contaba quién era y me ofrecía para ayudarlos en sus proyectos de investigación. Me fascinaba la Neuroinmunología, un campo que estudiaba la relación del sistema inmune con el nervioso. Si conseguía que me ofrecieran un pequeño puesto en ese campo, podría matar tres pájaros de un tiro: trabajar en algo que me gustaba, mejorar mi currículo y hacer contactos.

Una de esas noches en las que, tras haber pasado todo el día estudiando, ya no me podía concentrar, me puse a buscar en internet los correos electrónicos de varios investigadores especialistas en Neuroinmunología. Después de dar vueltas por páginas de diferentes hospitales, identifiqué a varios y les envié un *email*: el mismo mensaje, solo cambiando el saludo. Sabía que era una locura y que las probabilidades de que me contestaran o me tomasen en serio eran muy pocas, pero no tenía nada que perder. Solo necesitaba un sí, una oportunidad.

En los días siguientes solo recibí respuestas negativas. Muchos me felicitaban por mi interés y me deseaban suerte, pero o no tenían dinero para pagarme o no tenían ningún proyecto en activo. Al menos lo había intentado. Volví a perderme entre la rutina de mis días de estudio.

El verano se escapó de mis manos. Mi cumpleaños llegó casi sin que me diera cuenta. Ese año no lo esperaba tanto como el anterior, pero Yazid volvió a felicitarme, otra vez. Rompió el silencio trescientos sesenta y cinco días después. Fue un *déjà vu* en el que me felicitó casi con las mismas palabras.

Le contesté y empezamos a hablar por mensajes, pero pronto pasamos a una llamada telefónica que se alargó dos horas. Lejos de echarme en cara mi comportamiento o su resentimiento, su tono fue neutral y hablamos como si fuéramos viejos conocidos y nunca hubieran existido problemas entre los dos. Su voz tenía ese tono relajado y su risa contagiosa me hacía reír. Me habló de sus planes de futuro.

Las cosas habían cambiado mucho desde la última vez y, lejos de perseguir el sueño de hacer la residencia en Estados Unidos, había decidido centrarse en el negocio familiar y ayudar a su padre en los negocios. Ese cambio de dirección me decepcionó un poco, pero se veía venir. Cuando estuve de visita en Amman, había visto lo involucrado que estaba en el negocio familiar y cuánto tiempo le quitaba.

Yazid se había convertido en la mano derecha de su padre y ya no solo se dedicaba a coordinar los proyectos de construcción, también llevaba otros negocios que describió vagamente como «tecnología para hospitales» y con los que no había parado de viajar para cerrar tratos y ventas. Yo le hablé de mis planes de solicitar la residencia de Neurología en Estados Unidos y de mi intento fallido de encontrar un puesto como investigadora.

Como si nos diera miedo saber qué ocurría en la vida del otro, ninguno hablamos de nuestra situación sentimental. Hacíamos como si nunca hubiera ocurrido nada entre los dos.

—Qué bien que sigas luchando por formarte como residente en Estados Unidos. —Su tono mostraba más alegría de la que esperaba.

—¡Sí! Me estoy preparando para el segundo examen. El primero no fue muy bien, pero confío en que pueda enmendarlo en este. —Le oculté mi preocupación de no estar a la altura de mis expectativas en el segundo examen tampoco.

—¡Seguro que sí! Por cierto, ¿te he dicho que tengo pensado viajar a Estados Unidos en un año? Ahora estamos cerrando unos contratos en Oriente Medio, pero a finales del verano que viene, si todo sale bien, tendré varias reuniones en Chicago y el resto de la Costa Este —dijo con entusiasmo. Se lo notaba cómodo en ese rol de hombre de negocios.

—Me alegro mucho. Yo aún no sé cuándo iré por allí, quizás solicite la residencia el ciclo que viene.

—Igual coincidimos, ¿te imaginas? A mí no me importaría que nos viéramos —dijo con total naturalidad.

En ese momento, mi hermana llamó a la puerta para que bajase a comer. Había perdido la noción del tiempo. Por un lado, quería seguir hablando con él, pero por otro me alegré. La conversación estaba yendo a un lugar peligroso y no sabía muy bien cómo continuar. Me desconcertaba que después de lo dolido que había estado el año anterior, ahora actuase como si nada. A veces no entendía su manera de comportarse y dudaba de la transparencia de sus palabras.

Sin que pudiera evitarlo, a partir de aquel día, la comunicación con Yazid se hizo más frecuente, pero siempre guardábamos las distancias emocionales y no pasábamos de la cordialidad. Tardamos un par de semanas en tocar el tema sentimental. No entendía por qué, pero no me atrevía a decirle que había vuelto con Daniel y me costó encontrar el momento para decírselo. Al saberlo, su reacción fue bastante extraña.

—¿Sabes, Lola? No me sorprende. Creo que estáis destinados el uno al otro y siempre fuiste suya. Después de todo, yo me entrometí en vuestra relación y no lo respeté. Parece un buen chico. —Apenas cambió el tono de voz, parecía que no existía más que indiferencia en sus palabras.

No me lo esperaba. Me molestó que hablase de mí como si fuera una posesión, aunque intenté ponerlo en perspectiva y entender que se refería al ser novia de alguien, más que al sentido literal.

A diferencia de mí, Yazid seguía solo. Había conocido a un par de chicas, pero no había tenido nada serio con ellas. Me sorprendí a mí misma al alegrarme de que aún no hubiera encontrado pareja. Era consciente de que una vez encontrase una chica que le gustase, a no ser que no fuera de su misma cultura, no tardaría mucho en casarse. Me daba miedo que llegase ese momento.

El invierno llegó con el vaivén de estudiar y de la normalidad. Los días se volvían un amasijo de horas y me costaba saber en qué día vivía. Todos eran iguales y estaban llenos de horas de estudio, solo cambiaban las páginas de mis apuntes.

Una madrugada, cuando intentaba terminar el capítulo de diuréticos, recibí un email de alguien que no conocía, estaba en inglés. Aquella persona me ofrecía un trabajo de investigación... No conseguía recordar quién era. Hacía tiempo que había olvidado los *emails* y había enviado tantos que ya no recordaba a quién había contactado. Le busqué en internet. Se me aceleró el corazón. Aquel era uno de los principales médicos investigadores de esclerosis múltiple de Estados Unidos. Le respondí rápidamente y aquella noche no pude dormir de la emoción. Mis opciones eran pocas, pero la oportunidad estaba ahí.

Todo pasó muy rápido y, una semana después de la entrevista, me envió un correo en el que me ofrecía un puesto remunerado para dos años. Compartí las noticias con mis padres que, con sentimientos encontrados, se alegraron por mí. Aquella misma noche fui a casa de Daniel a dormir y hablamos.

—Rizos, tengo que contarte una cosa. Me acaban de ofrecer un puesto de investigadora ¡en el Johns Hopkins! Es uno de los mejores hospitales de Estados Unidos. ¡A mí! No me lo creo...

—dije contenta—. Les he dicho que sí. Empiezo en mayo del año que viene.

—¡Niña, me alegro muchísimo por ti! —Sonrió y me dio un abrazo—. Llevas demasiados meses encerrada en esa cueva, todo el esfuerzo ha merecido la pena. ¡Qué bien!

—Muchas gracias. No me creo que en cinco meses me mude a Estados Unidos. Ahora que lo veo más cerca, me da miedo, ¡no sé qué va a ser de mí!

—Todo irá bien. Siempre te las has arreglado para conseguir lo que te propones y que te salga bien. Esta vez, será igual. —Sonrió mientras me acariciaba la cara.

Daniel siempre me animaba y me empujaba a perseguir mis sueños, dejando mis miedos atrás. Creía en mí más que yo misma y me hacía sentir que podía cumplir cualquier sueño que me propusiera.

Ahora que mi vida en Estados Unidos estaba a punto de empezar, debíamos retomar aquella conversación con Daniel sobre nuestro futuro.

—Lola, ¿has pensado qué va a pasar con nosotros? —Daniel tomó la iniciativa una vez más. Ya no sonreía y me miraba fijamente.

—Le he dado muchas vueltas. —Respiré hondo—. Estoy hecha un lío porque contigo estoy genial, pero, por otro lado, no estoy tan segura. No me atrevo a pedirte que dejes todo de lado y te vengas conmigo. No tengo las cosas tan claras… —Lo miré y esperé su reacción.

—Te entiendo, es una decisión muy difícil. Yo no tengo claro tampoco si quiero dejar Gijón tan pronto… —contestó acercándose hacia mí. Me sorprendió su respuesta, pero me tranquilizó saber que los dos pensábamos similar—. ¿Sabes qué? Podemos seguir fluyendo y ver cómo nos sentimos. Me imagino que vendrás a Gijón y aquí estaré yo, esperándote hasta que vuelvas. —Me dio un beso en la nariz.

Daniel me demostraba una y otra vez su flexibilidad en nuestra relación. Lo que no sabía, era que la sombra de Yazid aún pesaba sobre mí y me influenciaba más de lo que creía.

16

18 de mayo de 2016

Baltimore, Maryland, Estados Unidos

La imagen de mi padre despidiéndome en el aeropuerto mientras pasaba el control de seguridad se quedó grabada en mi mente y me acompañó a lo largo de todo el viaje. Marcó el principio de mi nueva vida en Estados Unidos y se convirtió en la primera de muchas despedidas. Estaba llena de miedos y de incertidumbre y, a medida que me alejaba de España, me di cuenta de que mi niña interior no estaba preparada para alejarse de Gijón.

Baltimore, una ciudad desconocida para mí hasta unos meses antes, pronto se convertiría en mi nuevo hogar. Durante los siguientes dos años trabajaría investigando la esclerosis múltiple en el hospital de Johns Hopkins. Al decirlo sonaba muy bien, pero aún no tenía del todo claro qué papel me tocaría desempeñar. Me había lanzado un poco a lo loco, eclipsada por la oportunidad. Nunca había trabajado en investigación y mi idea de esta era bastante simple: me había imaginado con una bata blanca en un laboratorio con pipetas y tubos de ensayo. En cambio, por la conversación que tuve con mi futuro jefe, mi trabajo sería muy distinto. Consistiría en evaluar pacientes y recoger datos clínicos para analizarlos. A pesar de sus explicaciones seguía sin visualizarlo del todo. Pero bueno, confiaba en que todo saliera bien y que después de unos meses aprendiese el funcionamiento.

No solo tenía la incertidumbre sobre cómo iba a ser mi trabajo, también me preocupaba el desafío de mudarme tan lejos de casa. Estaba acostumbrada a vivir con mis padres y a encontrarme las cosas hechas. Vivir sola, así nada más llegar, me parecía demasiado complicado. No estaba preparada. Necesitaba aclimatarme a mi nueva vida y la ciudad.

Para facilitar mi adaptación, decidí que los primeros meses sería más fácil alquilar una habitación y tener compañeros de piso que me orientasen en cosas tan sencillas como contratar el servicio eléctrico o internet. En el foro de la universidad encontré a un chico, Aaron, que vivía con su padre y que tenía un par de habitaciones disponibles. Parecía una buena opción y la casa estaba al lado de la parada del autobús que me llevaría al hospital. Contacté con él y, después de una llamada rápida por teléfono, cerramos el trato.

Después de una escala en Madrid y otra en Nueva York, aterricé en Baltimore. Me recibió una tarde fría y con nubes. Esta vez nadie vino a buscarme y no me quedó más remedio que coger un taxi que me llevase a Baltimore. Estaba nerviosa y me sentía insegura, echaba de menos Gijón. Agotada, me hundí en el asiento de aquel coche amarillo y perdí la mirada en el paisaje.

La autopista estaba rodeada de árboles frondosos y la luz del atardecer se colaba entre las ramas. A medida que nos acercábamos a la ciudad, aparecieron los rascacielos y el puerto que daba a la bahía de Chesapeake. El taxista se adentró en el centro para tomar una calle que, en línea recta, nos llevaba a Charles Village, el barrio donde estaba la casa en la que viviría. Excepto por los rascacielos característicos del Downtown, la mayoría de los edificios eran de poca altura y ladrillo rojo. Por lo general estaban bien cuidados, aunque algunos parecían abandonados y tenían grafitis en las fachadas.

Baltimore era conocido por ser como un tablero de ajedrez, en el que de una manzana a otra las cosas cambiaban radicalmente. Así, en un instante, se podía pasar de una calle segura a otra en la que te podían robar, incluso a plena luz del día. Por suerte, la casa de Aaron estaba en una calle segura, aunque las de al lado no lo eran tanto.

A medida que subíamos aquella calle, los edificios bajos dejaron paso a casas adosadas con pequeños jardines. El taxista aminoró la velocidad y se paró en el número 4345 de la calle Barclay. Habíamos llegado. Era una zona residencial sin mucho tráfico, parecía segura y reinaba el silencio. Respiré hondo y en un suspiro intenté liberar todo el miedo. El taxista, acostumbrado a viajeros como yo, cogió mi equipaje con gestos automáticos y lo llevó a la acera, frente a mi futura casa. Sonrió mientras decía adiós y, sin darme tiempo a contestar, se fue.

Me quedé congelada en medio de la calle y tardé un par de minutos en volver a la realidad, no podía quedarme allí indefinidamente. Cogí mis maletas y, como pude, subí las escaleras, esquivando las macetas, hasta llegar al porche. Apenas había espacio para moverse en esa pequeña entrada que estaba llena de maceteros vacíos y tenía un banco con cojines arrinconado en una esquina. Todo tenía un aspecto descolorido. La puerta de madera, pintada de marrón oscuro, también se veía vieja. Tenía un pequeño cristal con una cortina que un día debió ser blanca, pero que ahora amarilleaba. Busqué el timbre sin éxito y decidí llamar a la puerta.

Apenas pasaron unos segundos cuando un hombrecillo de mediana estatura, con gafas redondas, y pelo y barba gris me abrió la puerta. Era James, el padre de Aaron. Detrás de él apareció este. Me ayudaron con las maletas y me invitaron a pasar.

Aquella casa parecía el hogar de un coleccionista de objetos antiguos. Había un olor a humedad, a rancio. Todo tenía aspecto usado, del paso del tiempo sin piedad. Alfombras persas de colores y formas variadas tapizaban el suelo de madera, que crujía al pasar. Un tabique a medio terminar separaba la cocina del salón. En este reinaba el desorden y estaba lleno de cosas amontonadas en cada esquina. Cualquier superficie era perfecta para apoyar lámparas, libros, estatuas, cartas sin abrir, llaves… Una pátina de polvo los bañaba. Parecía que los habían dejado ahí para moverlos a su lugar definitivo, pero este último paso nunca había llegado.

Por suerte, aunque la cocina también era bastante vieja, estaba mucho más ordenada y limpia. Había una olla humeante y una fuente con ensalada, estaban preparando la cena. James se quedó allí y Aaron me enseñó mi habitación, que estaba en el piso de arriba. Estaba decorada con un estilo ecléctico y combinaba muebles de diferentes colores y estilos. Para mi sorpresa, tenía una terraza, pero, en sintonía con la casa, el suelo estaba resquebrajado y no se podía usar. No era la mejor habitación, pero sería suficiente para empezar.

—Cualquier cosa que necesites, solo tienes que decírmelo. Espero que estés a gusto. Aquí tienes toallas por si las necesitas —dijo Aaron mientras se acercaba a la puerta—. Voy a ayudar a mi padre con la cena. ¡Baja cuando estés lista!

—Muchas gracias, Aaron. Me doy una ducha y voy —sonreí mientras abría la maleta.

La ropa estaba húmeda y fría. Esa sensación, como otras veces, me transportó por unos segundos a Asturias. Suspiré. Me di una ducha en aquel baño de estilo antiguo y bajé a cenar. Estaba agotada, pero también muerta de hambre.

Para rendir homenaje a su religión y cultura, James había cocinado sopa de bolas de *matzá*, un plato típico judío. Estaba deliciosa y repetí un par de veces. Fue una cena muy agradable en la que no hubo silencios incómodos. Aaron era muy risueño y me habló del vecindario, de Baltimore, de dónde hacer la compra, del mercado de los sábados…, hacía un esfuerzo notable para contarme todo lo que me pudiera ser de utilidad.

James parecía reservado al principio, pero no tardó en abrirse y durante la cena me contó la historia de sus antepasados judíos. Tenía un ojo falso que le daba un aire perdido. Era adorable y se notaba que tenía ganas de hablar, que le hacía falta compañía.

Estaba contenta de haber alquilado la habitación en aquella casa, me sentía cómoda y segura con ellos. Además, me caía bien Leo, su gato gordo y marrón. Le gustaba tumbarse a nuestro lado para que lo acariciáramos y se comía las sobras de la cena de James.

Entre todos los objetos de aquel salón, un teléfono fijo fue lo que más llamó mi atención. Era de estilo *vintage* y tenía una rueda para marcar los números. Hacía demasiados años que no veía uno así. Lejos de ser un adorno, James lo usaba para hablar con su hermana, que llamó esa misma noche.

Después de cenar me fui directa a dormir. La habitación estaba fría. Me puse el pijama de invierno y me acurruqué bajo la manta en aquella cama de sábanas moradas y frías. No había persianas y la luz de la calle entraba por la ventana, dejando entrever las siluetas de los muebles. A pesar del cansancio, tardé un rato en coger el sueño. Me sentía muy sola y no podía dejar de darle vueltas a todo lo que había dejado atrás. Estaba muy lejos de España y pasaría mucho tiempo hasta que regresara. Ahora me tocaba luchar por hacerme un hueco en esa ciudad, dar lo mejor de mí en el trabajo y aprovechar la experiencia.

Las primeras semanas fueron bastante duras y, cuando llegaba a casa por las tardes, la soledad se apoderaba de mí y me daba por llorar. Echaba de menos Gijón y el abrazo de mi madre, los paseos bajo la lluvia fina con mi padre y los atardeceres desde la ventana de mi habitación. Echaba de menos cosas del día a día tan sencillas como el supermercado de mi barrio, donde entendía las etiquetas y conocía los pasillos, así como la ubicación de cada producto. También añoraba la comida de mi madre, pues no estaba acostumbrada a cocinar y muchas veces cenaba un bocadillo de atún por no complicarme la vida. Además, me estaba costando hacer amigos y, aparte de Aaron y James, no tenía en quién apoyarme. Pasaba demasiado tiempo al teléfono hablando con mis amigas o con mis padres. A veces llamaba a Daniel. Con su optimismo, siempre era un soplo de aire fresco, pero en el fondo, con quién realmente me apetecía hablar era con Yazid. Su voz era un bálsamo para mí. Me costaba reconocerlo, pero no lo podía evitar y seguía sintiendo una atracción irresistible hacia él.

Los días pasaron y, poco a poco, me acostumbré a esa nueva vida y encontré mi lugar. James y Aaron se habían convertido en mi familia y nuestro vínculo se estrechó. Me fueron contando detalles de su vida, de su pasado. James había tenido problemas de alcoholismo y, por culpa de este, su matrimonio se había echado a perder. Llevaba un par de años de sobriedad y ahora echaba más de menos a su mujer que a la cerveza. Estaba un poco aislado socialmente y trabajaba dos turnos de camarero en dos restaurantes distintos para ahogar el eco de sus pensamientos y huir de la soledad. Aaron decía que era su manera de mantener el contacto con el mundo. Muchas tardes traía comida que sobraba del restaurante, lo cual me recordaba a Sam, uno de mis compañeros de casa en Cleveland.

Aaron y yo habíamos conectado bien y muchas noches nos quedábamos hablando después de cenar. Uno de nuestros planes favoritos era caminar hasta el supermercado del barrio y comprar una tarrina de helado de chocolate. Nos gustaba sentarnos a comerlo en el banco descolorido de la entrada, y mientras tanto, hablar de anécdotas del pasado o de cosas que nos habían ocurrido durante el día.

Mi trabajo también cobró sentido con el tiempo. Este era una combinación de examinar pacientes y analizar datos. Mi jefe tenía muchos proyectos activos en los cuales yo colaboraba. La esclerosis múltiple era un enigma y cuantos más pacientes examinaba más me fascinaba. Afectaba a gente joven en su mayoría, y podía presentarse y evolucionar de muy diferentes maneras. Así, encontraba pacientes que tenían sesenta años y apenas tenían problemas, mientras que otros estaban completamente debilitados a los treinta. No estaba claro el por qué esta enfermedad era tan variada y eso me intrigaba mucho.

Gradualmente le fui cogiendo el truco al trabajo y me fui sintiendo cada vez más cómoda. A pesar de ello, aún me preguntaba cómo era posible que me hubieran contratado a mí, una completa desconocida sin experiencia, en uno de los mejores hospitales del mundo. En silencio, seguía preocupándome no estar a la altura, pero sabía que con el tiempo les demostraría que habían acertado conmigo.

Pasaron los dos primeros meses y, aunque vivía muy a gusto con Aaron y James, había llegado el momento de irme a vivir sola. Aaron tenía una *pickup* con un gran maletero y me ayudó con la mudanza a Mount Vernon. Había elegido ese barrio porque estaba más céntrico y porque tenía más restaurantes y cafés. Por otro lado, era más seguro que Charles Village y estaba más cerca del hospital.

El apartamento estaba en el piso catorce de uno de los edificios más altos del barrio y tenía unas vistas preciosas a los rascacielos del Downtown. Era más bien pequeño, con apenas una habitación y una cocina que también funcionaba de salón. Seguía los patrones americanos con el suelo tapizado de moqueta gris y un vestidor de un tamaño desproporcionado en relación con el del apartamento.

Mientras organizaba mis cosas y aquel lugar adquiría el aspecto de un hogar, me sorprendí fantaseando con cómo sería que viniera Yazid a verme. Disfrutar de esas vistas, de esa ciudad con él. Sabía que a finales de verano tenía pensado venir a Estados Unidos, pero no sabía cuándo ni donde exactamente. Le gustaba mantener el misterio y desde que me había mudado a Baltimore, había rehuido ese tema de conversación.

Una tarde de agosto, cuando menos me lo esperaba, soltó la noticia.

—Por cierto, Lola, sé que he esquivado el tema los últimos meses, pero que no quería ilusionarme hasta confirmar el viaje. He tenido algunos problemas con el visado. —Se notaba la emoción en el tono—. Tengo un vuelo a Chicago para dentro de diez días.

—¿De verdad? —No me esperaba para nada esas noticias—. ¡Me alegro mucho!

—Sí, de verdad. Por cierto, no paro de pensar en que quiero volver a verte. —Le temblaba un poco la voz—. ¿Te apetece venir a Chicago? Creo que tenéis fiesta nacional ese fin de semana.

—No sé qué decir, no me lo esperaba, pero me encantaría verte. —Estaba en *shock*. Después de sus esquivas respuestas cuando yo sacaba el tema, había desestimado que nos fuéramos a ver tan pronto—. Deja que compruebe el precio de los vuelos. ¡Yo también me muero por verte!

Y así fue como, casi tres años después, la fantasía de reencontrarnos se materializó. No habíamos hablado de nuestras expectativas, tampoco de los conflictos del pasado. Lo único que importaba eran las ganas que teníamos de vernos. Todavía existían muchos sentimientos de por medio.

17

2 de septiembre de 2016

Chicago, Illinois, Estados Unidos

El avión perdió altura lentamente y rodeó Chicago antes de aterrizar. La ciudad era inmensa y sus rascacielos, dorados por la luz del atardecer, parecían fundirse con la orilla del lago Michigan. Este era inmenso y se confundía con el horizonte, parecía un mar. Aquellas vistas eran preciosas y una carta de presentación perfecta.

Por fin tocamos tierra y el avión disminuyó la velocidad progresivamente. Aún no se había parado del todo cuando empezaron a escucharse los clics de los cinturones desabrochándose. Aquel era un fin de semana especial y se notaba la impaciencia por llegar. El lunes era el día del Trabajo, una fiesta nacional, y para los americanos indicaba el final del verano. Todos querían aprovechar los últimos días estivales y el aeropuerto estaba lleno. A cada lado que miraba, había filas de gente. Unas eran de viajeros a punto de embarcar y otras, de los que esperaban para ser atendidos en restaurantes de comida rápida, como la fila del McDonald´s. La terminal olía a pretzel y a patatas fritas. Tenía hambre.

Mientras me dirigía hacia la salida, no paraba de pensar en cómo sería ese reencuentro con Yazid. En apenas una hora lo vería. Se me formó un nudo en el estómago y sentí el corazón en la garganta, ya no tenía hambre. Intenté calmarme. Todavía faltaba el trayecto del taxi hasta su casa. Yazid no vendría a buscarme. Aun así, mientras cruzaba la puerta de llegadas, miré de reojo por si lo veía. Tenía la esperanza de que viniera a darme una sorpresa. Sentí un poco de desilusión al no verlo allí. Sin pensarlo demasiado, me dirigí a la zona de transportes urbanos y cogí un taxi.

Su casa estaba a media hora y el trayecto se me hizo infinito. Intentaba distraerme con el paisaje. Sacaba temas de conversación superfluos con el taxista, pero los nervios controlaban mi mente y era incapaz de tranquilizarme. A medida que el GPS del coche reducía los minutos que quedaban para llegar, mi corazón iba aumentando de velocidad. ¿Cómo sería el reencuentro? ¿Cómo íbamos a reaccionar? La atracción que había entre los dos era demasiado evidente, pero la incertidumbre por lo que iba a ocurrir entre los dos ese fin de semana me causaba ansiedad.

Salimos de la autopista para entrar en un barrio residencial. Casi todas las casas eran de dos pisos y tenían aires del siglo pasado. Había árboles enormes en todas las calles y coches aparcados a los lados. Ya era de noche y había poca iluminación. Apenas había viandantes. El taxi serpenteó por calles secundarias hasta que por fin llegó al número 1447 de la calle Berwyn. Un escalofrío me recorrió la espalda. Me bajé con mi mochila y respiré profundamente. Había llegado.

Revisé el número en la dirección asegurándome que era el correcto y subí las escaleras de la entrada. Una luz tenue iluminaba el portal, que había visto tiempos mejores. Revistas de publicidad asomaban en el buzón y un periódico aún envuelto en su plástico yacía olvidado en el suelo. Todo daba sensación de abandono. Era un portal con varios números, pero no sabía cuál era el de Yazid. Le escribí un mensaje para decirle que estaba allí. El nudo de mi estomago se apretó un poco más. Unos minutos después oí unos pasos que se acercaban. Bajaban las escaleras con prisa. Se me aceleró el pulso aún más. Sentía que cualquier persona que estuviera a mi lado podría escuchar el latido de mi corazón.

Yazid abrió la puerta con una sonrisa. Tres años después, allí estábamos. Hizo ademán de estrecharme la mano como saludo, que aparté en un acto reflejo para darle un abrazo. Parecía que el tiempo no había pasado. Todos los sentimientos enterrados por el tiempo y su ausencia resurgieron en un segundo. Se quedó parado sin moverse, pero se le escapó un suspiro mientras nos abrazábamos. Allí nos quedamos un par de minutos hasta que reaccionamos. No nos dijimos nada. Me agarró de la mano y le seguí escaleras arriba hasta el segundo piso.

La casa estaba en penumbra, pero su habitación estaba llena de velas que envolvían el ambiente con una luz anaranjada. Me llevó a su cama y, en silencio, nos tumbamos uno frente al otro. Su sonrisa era más grande que nunca. Sus ojos brillaban en los míos. Por unos minutos nos miramos fijamente, sin tocarnos, como si necesitásemos ese tiempo para procesar que estábamos allí, juntos. Unas lágrimas se le escaparon y recorrieron sus mejillas. A mí se me escapó una risa nerviosa. Acerqué mi mano a su cara y sequé con mis dedos sus lágrimas. Acortamos la distancia entre los dos, quitándonos la ropa. Me abrazo y lo abracé. Mi mente se apagó con el tacto de su piel. Le besé el cuello, su olor no había cambiado.

Nos dejamos llevar por el anhelo y las ansias de estar juntos desde la última vez. El amanecer nos encontró entrelazados, devolviéndonos el amor que nos debíamos. Fue una sensación difícil de explicar, quizás no hiciera falta definirla y solo debíamos disfrutarla. Haber estado lejos de Yazid tanto tiempo me había hecho olvidar la intensidad de las emociones que sentía con él. A su lado perdía el control de mí misma.

Aquel fin de semana caminé entre las nubes sin mirar más allá que a sus ojos. Fue un espejismo en el que, por unos días, huimos de la realidad y de las diferencias existentes entre los dos, del daño, de las heridas del pasado, del silencio, de los malentendidos, de los intrusos y del vacío que se había creado entre nosotros. Renegamos de todos los problemas y nos centramos en nosotros. Caminamos como una pareja más por las calles de Chicago, ajenos al resto del mundo. Nos abrazábamos con cualquier excusa, nos besábamos por menos de nada, nos reíamos de cualquier cosa y disfrutábamos de nuestra compañía.

Me hubiera quedado en esos días toda la vida. En su presencia encontraba el confort que necesitaba tan lejos de mi país.

Sin embargo, no todo fue color de rosas. El domingo por la noche, el último día antes de irme, los fantasmas del pasado entraron por la ventana sin piedad. Parecía que Yazid hubiera esperado hasta el último momento para sacar el tema.

Estábamos tirados en su cama, después de haber dormido una siesta que se había alargado hasta el atardecer. Me desconcertaba que se hubiera guardado esos sentimientos hasta el último día de ese fin de semana.

—Lola, siento sonar repetitivo. Ahora que estoy aquí contigo me doy cuenta de que, cuando te miro, aún me vienen a la mente todas esas cosas que hiciste y que no me gustaron —admitió mientras se giraba para tumbarse sobre su espalda y colocaba los brazos debajo de la cabeza. Esquivaba mi mirada.

—Corazón, no sé muy bien a qué viene todo esto. No entiendo por qué no eres capaz de centrarte en el presente. Después de todo, es lo único que tenemos. Además, en todo este tiempo, te he demostrado lo mucho que te quiero.

—Ya lo sé, pero me cuesta pasar página. Y también pienso en que volviste con Daniel después de estar conmigo. ¿Acaso nunca lo olvidaste? Cuanto más lo pienso, más me molesta —reconoció entre pausas. Le costaba mucho encontrar las palabras.

—No sé qué quieres que te diga. Daniel ha significado mucho para mí, y es fácil volver al pasado cuando se portan siempre bien conmigo. A veces me gustaría que fueras capaz de perdonarme como hizo él. Yo te he demostrado mucho más que tú a mí, pero eso no lo aprecias —le recriminé. Me estaba costando mucho escucharle y me sentía frustrada tras entender que no habíamos avanzado.

—Cada uno es de una manera, no me gusta que me compares con nadie. Yo a ti no te comparo con las chicas de Jordania. Sois distintas y tenéis una manera muy diferente de interpretar la realidad y de comportaros —suspiró.

—¿Y qué quieres que haga con esos sentimientos que tienes? —Intenté no levantar la voz.

—Me gustaría encontrar una solución. No te creas que no llevo días pensándolo. A veces me cuesta aceptar que has estado con más chicos, y que tengas esa mentalidad tan abierta sobre las relaciones entre hombres y mujeres —confesó. En su voz se notaba cierta desesperación también.

Hablamos hasta la madrugada, dándole vueltas y más vueltas a lo mismo. Pensé que, si le dejaba expresarse y hablar sobre todo lo que le había dolido en el pasado, aunque fuera al menos la cuarta vez que hablábamos de ello, quizás llegase un momento en el que pudiera dejar ese lastre emocional a un lado y pasar página.

Aquella noche Yazid abrió la caja de Pandora en la que había guardado todos sus problemas y lo sentí lejano y dolido. Su posición contrastaba con la mía. Yo no sentía ningún tipo de rencor hacia él o lo que había pasado entre los dos. No negaba que Yazid me había defraudado con sus reacciones pasadas y la falta de consistencia en sus planes de futuro, pero yo había aceptado la realidad y solo quería que nos centráramos en el presente para disfrutarlo.

Aquella noche nos sirvió para darnos cuenta de que el tiempo, aunque ponía las cosas en perspectiva, no solucionaba los problemas. Estaba claro que nos queríamos y, además de atracción física, existía una gran conexión, pero haría falta mucho más para reconciliarnos con el pasado. Decidimos dejar la conversación para otro momento y nos acurrucamos debajo de las sábanas, donde nos quedamos dormidos hasta el amanecer.

Desayunamos y Yazid me acompañó al aeropuerto. Nos despedimos entre abrazos, sin un plan determinado, pero conscientes de que teníamos que trabajar mucho en nuestra relación o como se llamase aquello. Él se quedaría varios meses en Estados Unidos y mientras intentaríamos arreglar esos problemas. Con suerte, encontraríamos la manera de tener un futuro en común.

Nos despedimos en la terminal del aeropuerto de O'Hare con lágrimas que resbalaron de mi mejilla a su camisa y un abrazo de varios minutos. Odiaba despedirme de Yazid, siempre tenía la sensación de que me alejaba del amor de mi vida. Esperaba que llegase el día en el que nunca me volviera a separar de él.

En el avión de regreso no paré de darle vueltas a lo que había sucedido aquel fin de semana. No paré de pensar lo importante que era el eco del pasado, y cómo se filtraba en el presente e influía en el futuro, sin importar el tiempo.

Empecé a entender el daño que le había causado a él, a mí, a nosotros.

18

Después de ese fin de semana agridulce, empezó el ir y venir de encuentros y despedidas. Unos fines de semana iba yo a verlo y otros, él venía a verme. Yazid viajaba mucho, de una costa a otra, siempre con reuniones de trabajo. En cambio, los fines de semana los tenía libres para mí. A pesar de los conflictos del pasado, los momentos que pasábamos juntos siempre eran inolvidables y las horas se iban volando por la ventana de la habitación como si fueran minutos. Cuando estaba a su lado me sentía embriagada y todo lo que no fuera él quedaba en segundo plano. En sus ojos encontraba la tranquilidad que había perdido en su ausencia. Soñaba con que un día esos reencuentros se convirtieran en algo permanente, pero aún tenían que cambiar muchas cosas para que ese momento llegara. Ni él ni yo sabíamos cómo lo íbamos a conseguir.

Yazid iba de un extremo a otro con rapidez. Podíamos estar genial, pero de repente recordaba algo del pasado y todo cambiaba. Estos cambios de humor venían seguidos por largas conversaciones en las que intentábamos hacer las paces con el ayer. Los dos nos esforzábamos en mejorar la comunicación y ponernos en la situación del otro. Nuestra relación era inestable y pasábamos del cielo al infierno en apenas cinco minutos y viceversa. Esa impredecibilidad y ese vaivén de emociones hacía la relación aún más adictiva.

Me hicieron falta varias de estas conversaciones para empezar a entender su postura. Para mí había sido duro mantenerme fiel a mis valores y no mudarme de casa en Cleveland, pero para Yazid había sido duro también. Para empezar, él era incapaz de confiar ciegamente en mí después de mi infidelidad a Daniel. Por su cultura, Yazid no estaba acostumbrado a que las mujeres tuvieran tanta libertad y vio como una provocación que compartiera piso con cinco desconocidos. Por otro lado, y a pesar de que ocurrió cuando ya no estábamos juntos, también le irritaba profundamente que hubiera existido una segunda parte con Daniel. Inicialmente, había mostrado indiferencia, pero ahora salía a la luz lo mucho que le había molestado. Me recriminó lo fácil que me había sido pasar página y, peor aún, insistía en que nunca me había olvidado de Daniel.

Podía encontrar mil razones para explicar sus enfados o los problemas que teníamos, pero yo no creía que aquellos motivos fueran suficientes para justificar su desconfianza. Me dolía que Yazid no apreciase mis esfuerzos por conseguir un futuro común y que su desconfianza no le dejara ver más allá. Por mucho que lo intenté, la situación siguió empeorando.

El último fin de semana de octubre fui a verlo a Chicago. Se nos había ido el día sin apenas salir de su cama. Ya se había escondido el sol y un par de velas en la mesita de noche alumbraban la habitación. Música instrumental con una guitarra española sonaban en el fondo. Estábamos acurrucados y desnudos debajo del edredón, aprovechando las últimas horas hasta mi partida.

Le acariciaba el brazo derecho mientras, con los ojos cerrados, descansaba en su pecho. Ese momento era perfecto hasta que Yazid lo rompió con una propuesta.

—Lola, he estado pensando… Si contamos nuestras experiencias sentimentales o sexuales, tú has estado con más personas que yo. —Compartió conmigo esa reflexión que parecía haber guardado mucho tiempo en su mente.

—Sí, pero no entiendo muy bien a dónde quieres llegar con eso. ¿Acaso importa? —No entendía la intención de sus palabras.

—Pues que quizás sea por eso por lo que no consigo confiar en ti. Quizás es por lo que me molesta tanto el pasado y esa segunda parte que tuviste con Daniel.

—La verdad, no le veo el sentido. El pasado son experiencias y en el pasado se quedan. Lo que tenemos ahora es el presente —repliqué. Empezaba a ver a dónde quería llegar y me estaba poniendo nerviosa—. No entiendo esa fijación tuya por el pasado, así no podemos…

Yazid apartó con suavidad mi brazo para girarse y mirarme a los ojos. En cambio, yo no sabía a dónde mirar. Las mejillas me hervían.

—Lo que no entiendes es que, para mí, tú eres mía. No quiero pensar en que otros han estado contigo en la intimidad.

No quiero imaginarte con otros. Aunque eso ocurriera antes de conocerme, me molesta. Saber que estuviste con Daniel después de haber estado conmigo, me molesta también. Me hace pensar que nunca llegaste a olvidarlo. —Yazid frunció el ceño mientras decía las últimas palabras.

—Pero estoy aquí contigo. ¿No es suficiente? —Podía sentir en el tono de su voz lo dolido que estaba, pero no conseguía comprenderlo.

—Pues no. Yo solo he estado contigo y no conozco otras mujeres. Quizás sea eso lo que me falta, perspectiva. A lo mejor si estoy con otras, pueda entender tu manera de pensar, volver a confiar en ti y hacer las paces con este pasado que me atormenta —terminó por confesar, y dio un suspiro que duró varios segundos en los que liberó la tensión que había acumulado en el cuerpo.

No supe qué decir, me parecía una locura y me dolía que quisiera estar con otras. No entendía su punto de vista para nada y menos la lógica detrás de esa propuesta. Estaba convencida de que todas esas reflexiones habían sido para justificar sus ganas de explorar y conocer a otras y, encima, hacerme sentir culpable. Me parecía un manipulador y lo veía absurdo e innecesario. Le había demostrado mi amor más que a nadie y mis pasos siempre habían ido encaminados a un futuro con él. Quizás su verdad y la mía fuesen igual de válidas, pero en esos momentos ninguno de los dos éramos capaces de ponernos en el lugar del otro.

Después de unos momentos en silencio, me resigné y cedí. Estaba demasiado cegada por su amor y los ratos en los que estábamos bien eclipsaban a los de sufrimiento. Si Yazid quería probar a estar con otras mujeres, que lo hiciera. Tenía la esperanza de que entrara en razón y pudiéramos olvidar esos conflictos absurdos. Pero no supe cómo iba a arreglármelas para soportar los celos.

—Si eso es lo que quieres, está bien, adelante. Pero ¿de verdad crees que estando con otras conseguirás confiar en mí? —Hice una pausa—. No entiendo esa lógica tuya, creo que solo nos traerá más problemas, pero si es lo que quieres, vale.

Eso que estaba haciendo iba en contra de mis valores y me costó pronunciar esas palabras. Por amor, estaba cediendo demasiado.

—¿Estás segura? —preguntó sorprendido.

—No sé si seré capaz de aguantar la situación, pero es la única salida que me das. Yo lo que quiero es estar bien contigo. —A medida que pronunciaba las palabras, supe que me traicionaba a mí misma.

Para Yazid no fue difícil empezar a quedar con otras chicas. Era muy atractivo y tenía don de gentes. No le faltaron oportunidades. A veces tenía curiosidad por saber quiénes eran las chicas y le preguntaba. Quería saber quiénes eran o ver sus fotos, pero, otras, tenía miedo de compararme con ellas y salir perdiendo. Aunque él nunca me contaba lo que había pasado, insistía en compartir detalles sobre su físico o cualidades personales, como si disfrutase del daño que me hacía. Yo, que nunca había sido celosa, me convertí en una persona insegura y veía una amenaza en cualquier mujer que nos cruzábamos. Él repetía y repetía que lo hacía por los dos, pero yo no conseguía entender su actitud.

La situación no tenía ningún sentido y estaba destruyendo mi frágil autoestima. No sabía cómo pararlo. Intentaba creerle y pensar que esas experiencias nos venían bien a los dos, pero el autoengaño no duraba mucho tiempo. Cuando no estábamos juntos y tardaba en contestarme o no cogía el teléfono me imaginaba lo peor y me ponía triste. Sí, yo había estado con otros chicos en el pasado, pero no mientras estuve con él. En cambio, él tenía la opción de estar conmigo y elegía estar con otras. Yazid actuaba con frialdad. Sus acciones me hacían pensar que tenía una mente retorcida, que no lo conocía de verdad.

La situación me estaba sobrepasando y, entre que estaba lejos de mi hermana y de mis amigas y que me daba vergüenza compartir esa realidad, decidí no contar nada y sufrir en silencio.

Sentía que lo perdía un poco más con cada chica nueva con la que quedaba y cada vez me era más complicado separarme de él al terminar el fin de semana. La relación había degenerado en un juego de poder. Yazid controlaba la situación a su antojo y tan pronto pasaba de ausentarse varios días a no separarse de mí y a tratarme como una reina. Ese comportamiento extremo me confundía. Cuando no podía más, Yazid venía como si nada y me subía al cielo con su amor. Me daba el cariño que necesitaba en el momento adecuado consiguiendo que fuera imposible alejarme de él.

No podía más. Por fin, un día reuní las fuerzas necesarias para terminar con aquella situación. Sabía que en persona no sería capaz de mantenerme fiel a mis valores, por lo que aproveché una de nuestras llamadas entre semana.

—Yazid, o terminas con eso de estar con otras mujeres o terminas conmigo. Yo ya no puedo más —le solté, sin introducciones, sin pausas. Intenté mantener la calma.

—Lola, yo no disfruto con esto y nunca repito con la misma persona —dijo sin apenas alterar el tono de voz—. Como te he dicho cientos de veces, lo hago por los dos.

—Lo siento, pero no puedo más. ¿Cuándo vas a parar?

—Ya, tienes razón. —Hizo una pausa—. Si tú no quieres que lo haga, no lo haré más.

—Por favor… Tengo la autoestima bajo mínimos.

—Lo siento mucho, de verdad —se disculpó—. No era mi intención, ni mucho menos, que eso pasara, pero tenía que hacerlo para que nuestra relación pudiera progresar.

—Conoces mejor que nadie mis inseguridades. Por mucho que lo hagas por los dos, ahora has sido tú el que no ha tenido en cuenta mis sentimientos.

Suspiré. Parecía que, finalmente, Yazid entraba en razón. Lo que no sabía era cómo íbamos a reparar el daño que su comportamiento había causado a la relación. Había sido muy egoísta. Sin embargo, las cosas no terminaron ahí. Yazid tenía algo más que decirme.

—Por cierto, Lola. Hay algo más que quiero que sepas.

—Dime. Ya no sé qué esperar de ti —contesté en tono burlón, ocultando así el miedo a una sorpresa desagradable.

—Nunca pasó nada con esas chicas — admitió.

—Espera, no entiendo nada. Entonces, ¿por qué quedabas con ellas?

—En aquellas citas nunca pasé del trato cordial. Lo único que pretendía era que tú te pusieras en mi lugar —admitió. Volvió a hacer una pausa—. Quería que sintieras lo mismo que yo sentí cuando compartías casa con todos esos desconocidos en Cleveland o cuando supe que habías vuelto con Daniel.

Nos quedamos en silencio. Con aquella confesión, Yazid demostraba que tenía una mente realmente retorcida. No había intentado que yo me pusiera en su piel, sino hacerme daño.

—No sé qué me molesta más: el que hayas estado con otras, o el que me hayas hecho creer que había ocurrido cuando no era así —le recriminé—. Y todo para que yo me sintiera igual que tú en el pasado. De verdad que no paras de sorprenderme.

Nuestra relación se volvía cada vez más tóxica, ya no sabía qué hacer. A veces me daba miedo cómo funcionaba su mente. Las cosas habían perdido el sentido hacía mucho tiempo.

—Lola …

—Para mí eso no es más que una venganza. —lo interrumpí— En vez de mejorar las cosas, has conseguido complicarlas aún más —le reproché—. Lo que más me duele es que fueras consciente en todo momento del daño que me hacías y, aun así, me hiciste creer que tenías líos con otras chicas. Yo nunca tuve esas intenciones contigo.

—Intentaba que te pusieras en mi piel y así supieras por lo que yo había pasado —se reafirmó.

—¿Y te ha valido para algo? Sigo pensando que lo hiciste para vengarte.

—Lo siento. Quizás no haya sido la idea más inteligente —admitió—. Pensaba que así lo entenderías y no lo volverías a hacer. Eso me da paz mental para nuestro futuro. Pero tienes razón, se me ha ido un poco de las manos la situación.

—Hay días que pienso que no te conozco y me cuesta entender tu razonamiento.

Aquella conducta de Yazid fue una espina más clavada en nuestra relación, debilitándola un poco más. Seguimos viéndonos y pasando tiempo juntos, pero ya no era lo mismo. Todo estaba muy envenenado. Deseaba retroceder a aquellos días en Amman en los que no existían los problemas entre los dos.

A veces no diferenciaba el límite entre quererlo y odiarlo. Una parte de mí me decía que saliera corriendo. Me había causado mucho daño, pero queriendo o sin querer, no era capaz de alejarme de él. Sobre todo, ahora que estábamos en el mismo país y que después de tanto tiempo, podíamos estar juntos. Ingenua, seguía soñando con el día en que todo se arreglaría.

19

Ignoré sus mensajes y me negué a verlo durante dos semanas. Seguía dándole vueltas a la última conversación. Me costaba mucho esfuerzo perdonar su comportamiento, y más aún las intenciones detrás de este. Hubiera preferido que no fuera tan enrevesado y que, en vez de hacerme creer que se acostaba con ellas para hacerme sufrir, lo hubiera hecho para obtener esa «perspectiva» que originalmente dijo necesitar.

Esa presunta poligamia había sido una completa tortura para mí. Seguía muy dolida, pero no tardé en echarlo de menos desesperadamente. Yazid era mi debilidad. No importaba cuántas razones o argumentos tuviese para estar molesta. Solo tenía que decirme que me quería y cuatro cosas bonitas para que yo perdiese la cabeza y olvidara lo sucedido.

Nos volvimos a ver un viernes a finales de enero. Una ola de frío azotaba casi todo el país y en Baltimore, las temperaturas no subían de los cero grados. Había estado nevando todo el día y la situación era peor en Chicago. Se habían cancelado varios vuelos. Por suerte, no el de Yazid que llegaba sobre las ocho de la tarde. Me moría de ganas de abrazarlo.

Quería que todo estuviera perfecto. Salí pronto del trabajo para preparar la casa y cocinar su plato favorito, *shorbet adas*, una sopa de verduras y lentejas. Un par de meses atrás la habíamos comido en un restaurante árabe de la ciudad llamado Zaatar. Le gustó tanto que unos días después regresé para conseguir la receta. A Yazid le encantaba esa sopa y decía que le recordaba mucho a la de su abuela.

Mi prima siempre decía que estar cocinando en el momento en que tu pareja llegaba a casa era muy importante. Que todo hombre, sin saberlo, busca un hogar y el olor de la comida conseguía crear esa sensación de confort. Ella aseguraba que esas sensaciones llegaban al subconsciente y lo cautivaban sin que él lo supiera. Podría considerarse una manipulación, pero para mí era un arma más para conquistarlo. Seguía su consejo a rajatabla.

Como era de esperar con la tormenta de nieve, el vuelo de Yazid se retrasó. Sobre las once de la noche me envió un mensaje, estaba a punto de llegar. Bajé a la puerta a recibirlo, impaciente. Me había retocado el maquillaje de por la mañana y debajo de la ropa llevaba un conjunto de lencería verde que me había comprado solo para él. La emoción por verle borraba todos los malos sentimientos.

Llegó en un taxi amarillo y se bajó con su sonrisa irresistible. Vestía su abrigo de paño negro con una bufanda de lana gris y guantes de piel. Nos dimos un abrazo, y me perdí en su olor.

—Te echo de menos, Lola —me susurró al oído—. Llevo esperando tocar tu piel demasiados días.

—Y yo… —Disfruté de aquel abrazo e intenté no pensar en el motivo por el que lo había estado esquivando las últimas dos semanas.

En el momento en el que se cerraron las puertas del ascensor, volvió a abrazarme. Sin separarnos, recorrimos el pasillo hasta llegar a mi puerta. Tal y como yo esperaba, le encantó el olor a comida que tenía la casa. Se dio una ducha y, después de cenar, nos fuimos a la habitación a querernos.

A pesar del daño causado, no podía negar lo mucho que disfrutaba con su compañía. En esos momentos, me compensaba más olvidar lo ocurrido y centrarme en el presente. Prefería eso a echarle de menos y sufrir por su ausencia. Sin embargo, la tregua no duró por mucho tiempo. Al día siguiente, con la luz de amanecer y yo aún medio dormida, Yazid puso fecha a su regreso a Jordania.

—Corazón, estaba esperando a que nos viéramos para decirte que me voy el viernes que viene —dijo rompiendo el silencio y la paz que había en la habitación—. Mis reuniones se acaban este mes.

—No puede ser, estás de broma. ¿Tan pronto? —Sabía que ese momento llegaría, pero no imaginaba que sería tan inmediato.

—Amor —susurró. Yazid intentaba suavizar la situación—, te dije que no estaría más de cinco o seis meses. —Me acarició el pelo.

Hundí mi cara en su pecho y lloré. Solo de pensarlo ya lo echaba de menos. Me daba miedo el futuro, sobre todo el de nuestra relación: nos sobraban los problemas y nos faltaban los planes a largo plazo. La distancia no iba a ayudarnos y el tiempo corría en nuestra contra.

—¿A qué esperabas para decírmelo? Retrasa el vuelo, por favor. —Le supliqué, articulando las palabras como pude; intentaba retomar el control de la situación.

—En cuanto termine aquí, tengo que volar a Riad a reunirme con mi padre y otros clientes. Las cosas están saliendo muy bien y, con suerte, podremos cerrar un contrato muy importante con los proveedores de nuestro producto estrella. —Me explicó mientras me acariciaba la cara.

—Yazid, no entiendo nada de esos negocios tuyos, pero aún menos que hayas dejado de lado tu pasión por la Medicina. —Habíamos esquivado aquel tema mucho tiempo.

—¿A qué te refieres? —preguntó sorprendido—. Estas reuniones son para vender dispositivos o instrumentos médicos a gran escala. Es un trabajo que requiere menos esfuerzo que ser médico residente, mi padre me paga mucho mejor y no me siento esclavo del sistema.

—Entiendo tu perspectiva, pero sabes que la residencia es temporal y después, cuando termines y seas médico especialista, el trabajo está mejor pagado y es menos estresante. Si sigues en ese negocio, tu vida estará en Oriente Medio. En cambio, si fueras médico aquí, podríamos tener un futuro en común. —Me resistía a darle la razón.

Ese fin de semana sería el último que pasaríamos juntos. Aún me estaba recuperando del último enfado y esto era un jarro de agua fría. En mi mente recreé miles de escenarios y todos tenían un final en el que estábamos separados. Tendría que esperar a unas vacaciones para verlo o a que él regresara a Estados Unidos, y dependeríamos siempre de que las circunstancias fueran favorables. No tenía ningún tipo de control sobre la situación.

—Por favor, no cojas ese vuelo. Puedes quedarte aquí, conmigo, mientras estudias los dos exámenes que te quedan para hacer la residencia —insistí una vez más—. Así los dos podríamos seguir con nuestro sueño y estar juntos.

—Lola, mis sueños ahora son otros y lo sabes. Tengo otra idea mucho mejor.

—Dime. — Me besó en la mejilla y sus labios se humedecieron con mis lágrimas.

—¿Por qué no vienes conmigo a Amman? Allí tendrías de todo, estaríamos juntos; podrías aprender árabe e incluso hacer la residencia de Neurología.

—¿Estás de broma? —le solté sin apenas dejarlo terminar. Una risa nerviosa de incredulidad se me escapó—. Después de todo el trabajo y lo que he estudiado para estar aquí y abrirme paso en este país, ¿ahora vienes con esas? ¿Eres consciente de que todo esto lo empecé por ti? —Pasé de la tristeza a la frustración.

—Las cosas han cambiado.

—Yo cumplo mis palabras, no como tú.

—Lola, las cosas no son como tú piensas.

—¿De verdad? Lo siento, pero ahora es demasiado tarde para retroceder. —Tenía la boca seca y el corazón a mil—.

Además, sabes que en Jordania sería muchísimo más difícil desarrollar mi carrera.

Me levanté a por un vaso de agua y ahí terminamos la conversación. Ni él ni yo renunciaríamos a nuestros futuros profesionales, y estos se desarrollaban en continentes distintos. Teníamos que aceptarlo: si las cosas seguían así, estábamos destinados a vivir separados.

Aquel fin de semana hicimos todo lo posible por disfrutar al máximo del tiempo juntos. Tanto él como yo desconocíamos cuándo nos volveríamos a ver. Otra vez volvía a la incertidumbre, a la inestabilidad de no saber cuándo volvería a verle, y menos aún, qué pasaría entre los dos.

No paró de nevar en todo el fin de semana. Con su inminente marcha, nos lo pasamos casi en su totalidad queriéndonos. Los dos teníamos esa necesidad de estar en contacto continuo con la piel del otro. Era como una fuerza que no podíamos controlar. Yazid tenía esa capacidad de acelerar el paso del tiempo y llegó el domingo casi sin darme cuenta. Me daba vértigo pensar que esa sería la última noche juntos. No quería pensar en el lunes por la mañana, cuando él regresara a Chicago. Deseaba que hubiera una tormenta, que no parase de nevar y que se quedara toda la semana conmigo. Por el contrario, el lunes por la mañana salió el sol. Las máquinas quitanieves habían dejado las calles listas para empezar la semana.

El despertador marcó el final de la noche y con él una realidad que no podíamos seguir ignorando. Eran las siete de la mañana y su vuelo salía a las diez. Me resistí entre las sábanas, pero no nos quedaba mucho más tiempo. Yazid me abrazó muy fuerte y me besó el cuello, bajando hacia los hombros. Me encantaba cuando hacía eso. Con los ojos aún cerrados me giré y le di un beso.

Aquel sería el lunes más difícil y la mañana más fría de todo el invierno. Separarme de él sin saber cuándo volvería a verlo era algo realmente complicado. Mientras llegaba el taxi, Yazid me abrazaba y yo hundía mi cara en su pecho. Los dos ignorábamos que serían nuestros últimos momentos juntos durante mucho tiempo.

—Te echaré de menos, Lola —me dijo mientras me miraba—. Estos meses en Estados Unidos no han sido fáciles, pero quiero que sepas una cosa: te quiero.

—Y yo a ti. —Lo abracé con más fuerza—. Nos vemos pronto, ¿prometido?

Se subió al taxi y se perdió entre los coches, calle abajo. Me quedé con la mirada perdida en los coches que pasaban por delante, reflexionando en nosotros.

Las cosas habían cambiado mucho desde nuestra primera despedida en el aeropuerto de Amman. Habían pasado casi cuatro años y ya no éramos los mismos. Nuestra relación había evolucionado también y ahora éramos una pareja intentando salvar una relación destinada al fracaso. Seguíamos sin tener un plan de futuro juntos y, peor aún, ni él ni yo sabíamos cómo íbamos a encontrarlo.

Aquella despedida podría haber sido un momento perfecto para alejarme de él y liberarme de esa relación disfuncional, pero preferí seguir intentándolo. Sus ideas eran antagonistas a las mías y su felicidad me costaría la mía, y viceversa. A pesar de todo, seguí luchando por un futuro con él, chocando una y otra vez con la misma pared.

20

Me volví a acostumbrar a los días sin su risa, a los fines de semana sin él y a la soledad. El tiempo pasaba y me aferré a la esperanza de reencontrarnos en abril, aunque no tenía ninguna certeza de que fuera a ocurrir. Me evadía de la realidad para sobrellevar su ausencia. Fantaseaba con volver a verlo y dormir entre sus brazos.

Soñaba con que un día las cosas cambiaran, pero ni él ni yo estábamos dispuestos a ceder. Yazid seguía enfocado en sus obligaciones con el negocio familiar y priorizaba el no decepcionar a su padre. Su vida estaba detrás de aquellas reuniones que perseguiría por cualquier país que fuera necesario. Por otro lado, yo estaba convencida de que Estados Unidos era el lugar en el que debía de estar y que mi formación era lo más importante en esos momentos. Renunciar por amor a mi futuro profesional era un peaje demasiado alto que no estaba dispuesta a pagar. Además, su comportamiento de los últimos meses me había hecho ser aún más consciente del riesgo que corría si lo dejaba todo por él. Muchas veces me preguntaba qué necesidad tenía de estar en una situación como esa, cuando seguramente podría encontrar un chico europeo o americano. Alguien con unas ideas más afines a las mías y que me hiciera la vida más fácil.

El vacío que dejó Yazid al regresar a Oriente Medio lo llené centrándome en el trabajo e involucrándome en nuevos proyectos. Disfrutaba mucho con lo que hacía y me ayudaba a evadirme. Tanto mi jefe como el equipo estaban muy contentos con mi dedicación, pero la carga de trabajo aumentó exponencialmente y a veces me agobiaba con todo lo que tenía que hacer.

Aparte de hacer exámenes neurológicos a pacientes con esclerosis múltiple, también les hacía tomografías de coherencia óptica, que consistían en fotografías bidimensionales de la retina para calcular su grosor. Esas fotos eran importantes porque estudiando el grosor de la retina se podía inferir si había inflamación o degeneración en el cerebro. Mi jefe solía decir que los ojos, además de ser la ventana del alma, eran la ventana al cerebro. Y que dependiendo de lo sana que estuviera la retina, uno podía estimar lo sano que estaba este.

Todas sus ideas eran novedosas para mí, y cuanto más aprendía y mejor las entendía, más me fascinaba ese campo de la medicina. Me parecía muy inspirador cómo usábamos la tecnología para avanzar en el conocimiento de una enfermedad tan importante y devastadora. Con nuestra investigación aportábamos a la comunidad científica, y formar parte de ello me hacía sentir realizada.

Afortunadamente, no todo era trabajar y también empecé a cultivar más mi vida social. Retomé el contacto con Aaron y con James, que se alegraron mucho de volver a verme. También empecé a quedar con un grupo de españoles que me habían presentado en mis primeros días en el Johns Hopkins. Muchos trabajaban también como investigadores. Llevaban un par de años en la ciudad y habían formado una pequeña familia. Los fines de semana se juntaban para beber en casa y después salir de fiesta por Fells Point, el barrio más antiguo de la ciudad. No seguían los horarios americanos y quedaban tarde, a una hora española. Después, cuando cerraban los bares, continuaban la fiesta en el mismo lugar donde la habían empezado. Aunque se los veía felices lejos de España, estaban poco adaptados a la sociedad americana, incluso aislados. Me lo pasaba muy bien con ellos, aunque prefería los grupos pequeños. Al ser tantos, las conversaciones solían ser superficiales y la individualidad de cada uno se difuminaba.

Por fortuna, de entre todos conecté con una chica del grupo. Empezamos a quedar por nuestra cuenta y se convirtió en mi principal apoyo y confidente en aquella ciudad. Se llamaba Amaya y tenía dos años más que yo. Era de San Sebastián y cursaba el doctorado en bioquímica en la Universidad Johns Hopkins. Vivía a dos manzanas de mi casa y alguna tarde entre semana paseábamos desde Mount Vernon, nuestro barrio, hasta Bolton Hill. Hablábamos de todo, desde nuestros sufrimientos con el amor hasta el anhelo de volver a España. También reflexionábamos y comparábamos la vida en Estados Unidos con la de nuestro país.

Antes de mudarnos a Baltimore, las dos veíamos Estados Unidos como uno de los países más avanzados y mejores del mundo. Pero después de unos meses en él, habíamos descubierto que las apariencias engañan y que había muchas deficiencias y desigualdades. Baltimore era, sin ir más lejos, un ejemplo perfecto. La ciudad sufría la segregación racial y la falta de derechos básicos como la educación y la sanidad. El hospital Johns Hopkins, uno de los mejores del país y conocido a nivel mundial, estaba inmerso en uno de los barrios más pobres de la ciudad, lleno de personas marginadas social y económicamente. Tanto Amaya como yo teníamos una visión parecida. Hablar con ella de estos temas era terapéutico y me ayudaba a entender mejor las cosas.

Además de Amaya, también me hice muy amiga de Afsaneh. La había conocido en una fiesta de los españoles y conectamos desde el primer momento. Era iraní y llevaba en Estados Unidos casi diez años. Había estudiado un máster en negocios y ahora trabajaba de consultora en Deloitte. Aunque ya había conseguido la nacionalidad americana, aún no había perdido sus raíces ni su acento. Todavía echaba de menos Irán. Me sacaba cinco años y muchas veces me daba consejos sobre Baltimore o la vida. A veces la veía como una hermana mayor.

Amaya y Afsaneh me ayudaron mucho y fueron clave para sobrellevar la ausencia de Yazid. También me apoyé en Aaron y en otras amistades del trabajo que en su mayoría eran extranjeros. Entre nosotros había una conexión especial, un lenguaje no hablado que no existía con los americanos. Después de todo, éramos inmigrantes y el nivel de comprensión era distinto. Compartíamos problemas y teníamos dificultades que solo el que está lejos de su país de origen puede entender.

Mientras tejía mi red social en Baltimore, la relación con Yazid no mejoró y se debilitó más y más. Los conflictos del pasado y las preguntas sin respuesta la terminaron por desgastar. La gota que colmó el vaso llegó en abril, con mi cambio de planes. Tenía un par de semanas de vacaciones y Yazid y yo habíamos hablado de vernos. Justo ese mismo mes, mi jefe me ofreció la oportunidad de rotar con el director del servicio de Neurología; la persona más importante de todo el departamento. Era un doctor conocido a nivel nacional, con mucha influencia. Obtener una carta de recomendación suya era crucial, quizás más relevante que mi experiencia en investigación en Johns Hopkins.

Me sentía entre la espada y la pared. Me costó tomar la decisión, pero finalmente no pude rechazar aquella oportunidad. Decidí quedarme en Baltimore y hacer las prácticas. Lejos de apoyarme, Yazid se lo tomó como un cambio de prioridades. A pesar de que él nunca me hubiera priorizado. Se enfadó conmigo y después de aquella conversación, todo cambió. Nuestras llamadas empezaron a espaciarse y, cuando hablábamos, estaban llenas de reproches. Me sentía atrapada. Una parte de mí lo echaba de menos, pero la otra sabía que no me convenía. Hacía meses que Yazid había dejado de ser un apoyo para convertirse en una carga emocional. Absorbía mi energía y me hacía sentir culpable de todo lo que no funcionaba en nuestra relación.

El hilo se tensaba cada día un poco más, hasta que un sábado por la mañana, durante una de nuestras llamadas, Yazid lo terminó de romper.

—Lola, ¿a ti te gustaría tener hijos algún día?

—Pues claro. ¿A qué viene esa pregunta? ¿Tú quieres tener hijos?

—Yo también. Nunca te lo he dicho, pero a mí me gustaría tener diez. Una gran familia. ¿Qué opinas?

—Venga, Yazid, estás de broma, ¿no? —contesté perpleja. Era lo que nos faltaba—. ¿Quién hoy en día tiene tantos hijos? Ni mis abuelos ni los tuyos tuvieron tantos. Es una locura. A menos que seamos millonarios, yo me convertiría en una esclava de la casa. ¡Tiene que ser mucho trabajo!

—Tienes toda la razón, pero es una ilusión que yo tengo.

—Yazid, siento decirte que no es realista. Al menos conmigo. Piénsalo. ¿Cuántas mujeres tienen tantos hijos? ¿Sabes cómo se les queda el cuerpo después? —Me estaba cabreando, me parecía surrealista—. Es que no hay necesidad.

—Tengo una solución para eso… —dijo sin terminar la frase y creando suspense.

—A ver, sorpréndeme. ¿Quieres adoptar? Si esa es tu ilusión, podríamos pensarlo. —Estaba cediendo otra vez—. Pero no sé qué tipo de relación padre-hijo puedes desarrollar con tantos niños. A mí me parece un agobio innecesario, y al final se educarán unos a otros. ¿No te parece mejor empezar por uno y ya veremos?

—No, esa no es la solución. Yo quiero ser el padre de todos ellos. —El tono de su voz se volvió más serio.

—¿Entonces? —Me temía lo peor.

—Pues, mira, si crees que es demasiado para ti, puedo casarme con más de una mujer. Así se dividiría el trabajo.

—Yazid, ¡por Dios! —Pensé que era una broma y se me escapó una risa nerviosa—. ¿Por qué eres así? Primero con esa idea tuya de no poder hacer las paces con el pasado, y ahora con que quieres tener diez hijos. Claro, qué mejor manera de conseguirlo que casándote con más de una mujer.

—Lola, tienes que respetar mis deseos.

—Hablas de las mujeres como si fuéramos objetos, como si solo estuviéramos en este mundo para engendrar hijos —le espeté.

Daba vueltas por el salón mientras hablaba con él, intentando no perder el control y comprender el ángulo desde el cual Yazid veía las cosas. Me negué a creerlo y pensé que lo decía para que me alejara de él. Cuando había estado en Amman, me había dado la impresión de que la poligamia ya no se practicaba. Pensaba que eso de tener más de una mujer era algo que se llevaba antiguamente y ahora apenas se practicaba. Quizás en los pueblos remotos y en los países más conservadores, pero en las ciudades y sociedades más avanzadas, como Jordania, era muy inusual. Hacía años que el papel de la mujer estaba cambiando.

—¿Por qué complicas tanto las cosas? Empiezo a pensar que lo haces para que me aleje de ti. —Me costaba verbalizar mis pensamientos—. Nadie en tu familia tiene más de una mujer. Mira a tus padres, a tus hermanos, ¡a tus amigos!

—Lola, en el Corán dice que tenemos derecho a tener hasta cuatro mujeres. Lo dice el libro sagrado…

—¿Desde cuándo sigues tú el Corán a rajatabla? Pareces el típico hombre árabe de las películas o de las noticias que nunca creí que fueras.

—Lo siento, pero es lo que quiero y creo que tampoco es justo que me fuerces a renunciar a mis deseos. Lo ideal sería que los dos tuviéramos lo que queremos. Tu siempre serías la primera.

—Claro. La primera mientras te acuestas con las otras.

La conversación me estaba sobrepasando. Su comportamiento me parecía egoísta. Sentí que hablaba con un completo desconocido. No conseguía entender su perspectiva. Me negaba a aceptar que ser musulmán le excusaba para tener un harén de mujeres y tantos hijos como para hacer un equipo de fútbol. Sabía que pensar así no era algo común. Ninguno de los jordanos que había conocido tenían esas ideas. Su padre y sus tíos tampoco. Nadie tenía más de una mujer.

—Lola, a mí me gustas tú. Tienes que entender otra vez mi perspectiva. Para mí el matrimonio no es más que un contrato, un fin. Yo contigo tengo el amor, la relación romántica. Con las otras solo tendría hijos.

—Yazid, que no. Me niego a formar parte de ese proyecto. Mira, creía que eras el amor de mi vida, pero cuanto más te conozco, más desconocido te vuelves.

—Lo siento. Pero ese es mi deseo… Tienes que abrir la mente, Lola.

—¿De verdad? No, gracias. Esta situación ha llegado demasiado lejos y en parte es culpa mía por haber sido tan flexible con tus peticiones irracionales. Ya no puedo más. Se acabó.

Había tenido bastante. Me rendí, no había nada que pudiera hacer. No podía más con el peso de la relación y si no me libraba de ella, terminaría enterrándome.

Un 2 de mayo decidí alejarme de esa relación tormentosa. Dejamos de hablar. Se hizo el silencio entre los dos.

21

Terminar con Yazid me quitó un peso de encima del que no era consciente. Por fin descansé de luchar por un amor imposible. Aunque no todo fue paz y esa liberación también vino acompañada de una sensación de fracaso. Había estado obsesionada por que lo nuestro funcionara durante demasiado tiempo. Ahora me costaba aceptar la realidad.

El no saber de Yazid era difícil de tolerar. Acostumbrada a su voz, me encontraba día y noche pensando en él y resistiéndome a la tentación constante de escribirle o de llamarle. Contactar con él estaba al alcance de mi mano, literalmente, y con un rápido clic en el botón de llamada o un mensaje podía romper aquel silencio. No hacerlo era una decisión activa y una constante lucha conmigo misma. Obsesionada, no paraba de preguntarme si el me echaba de menos, o si, por el contrario, había empezado esa búsqueda de la primera de sus cuatro mujeres.

Tardé al menos un par de semanas en procesar lo que había pasado. Me refugié en Afsaneh y en Amaya que, con infinita paciencia, me escuchaban y apoyaban en mis días más negros. Me avergonzaba verbalizar cuál había sido el último detonante de nuestra relación. Me costó mucho contarles toda la verdad.

—Lola, ¡es una locura lo que me estás contando! —exclamó Afsaneh, perpleja.

—Hiciste genial en terminar con él. Ya has aguantado demasiado. De verdad que no te compensa. Vales mucho, corazón —secundó Amaya.

—No sé. Me está costando mucho. No consigo creerlo, pero lo dijo tan firme... —Cada vez que lo pensaba me dolía más—. Os digo que ninguno de los jordanos que conocí, ni sus familiares, tenían más de una mujer. Qué mala suerte que me haya enamorado de uno de los pocos árabes con ideas retrógradas.

—Yo creo que lo hizo para alejarte de su vida. Mira, en Irán la mayoría somos musulmanes y tampoco conozco a nadie que tenga más de una mujer. Es algo que las mujeres dejaron de tolerar hace años. Igual nuestros tatarabuelos... —intentaba reconfortarme Afsaneh.

—Sé que duele mucho abrir los ojos, pero más vale tarde que nunca. Menos mal que no dejaste Baltimore para irte con él a Jordania. —Amaya manifestaba su preocupación—. Imagínate que lo dejas todo para estar juntos y te viene con estas después.

Hablamos largo rato y aquella conversación me hizo salir de mis pensamientos y sentirme comprendida. Era muy afortunada por poder confiarles cosas tan privadas como esa y no sentirme juzgada.

Seguí sus consejos y enumeré en una hoja de papel todas las cosas que me habían llevado a alejarme de él. Me sorprendió encontrar más de las que creía. Aquel simple gesto me hizo entender que nuestra relación era más tóxica de lo que pensaba y de todas las cosas negativas que había estado ignorando todo ese tiempo. Guardé aquella hoja de papel en mi mesita de noche y, cuando echaba mucho de menos a Yazid, la leía en voz alta. Me llenaba de rabia y de dolor, pero me recordaba el por qué ya no estábamos juntos y por un rato conseguía dejar de anhelarlo.

Los días se alargaron y, cada vez más cálidos, dieron la bienvenida al verano. Parecía mentira, pero ya llevaba más de un año en aquel país. Miraba atrás y reflexionaba en lo que había pasado en ese tiempo, en las cosas buenas y las malas. Me sentía orgullosa de mí misma por haber superado un año de retos a nivel profesional y personal. Aclimatarse a la vida tan distinta en Estados Unidos y tomar la decisión de terminar mi relación con Yazid habían sido dos de las cosas más difíciles que había hecho nunca.

El coste emocional había sido bastante alto y, aunque me estaba recuperando poco a poco, me sentía agotada anímicamente. Solo me apetecía descansar y rodearme de los míos. La sensación de desarraigo aún seguía muy presente y soñaba con unas vacaciones en España en las que recuperarme y descansar de verdad. Además, ese otoño solicitaba la residencia de Neurología y era consciente de que sería un proceso largo y estresante.

Necesitaba unas vacaciones, unos días rodeada de mi familia y de los míos para coger fuerzas. En cuanto supe que mi jefe cogía vacaciones en agosto y que muchas clínicas cerraban, pedí dos semanas para ir a Gijón.

La cuenta atrás de los días que faltaban hasta que visitara España fue lenta. Intentaba centrarme en el trabajo y avanzar en los proyectos todo lo posible para no tener que trabajar durante las vacaciones, pero solo pensaba en el momento de aterrizar en Madrid. Tenía una ilusión enorme por el viaje y por todo que haría allí. Mi cabeza estaba en Gijón y todas las conversaciones giraban en torno a ese viaje. Mi madre no paraba de preguntarme qué quería que cocinase y cuando hablaba con mis amigas, en vez de contarnos los últimos acontecimientos, hacíamos planes para cuando estuviera de visita. Me sentía especial y afortunada por tenerlos. Gijón era mi hogar y, a pesar de la distancia, tenía una familia y unos amigos que me esperaban con los brazos abiertos. Al fin y al cabo, había pasado mis veinticuatro años en aquella ciudad. Estaba muy unida a ella.

Ese arraigo que sentía nos diferenciaba a los españoles de los americanos. Por conversaciones con ellos, me daba la sensación de que estos no tenían tantas raíces como nosotros. Su círculo social era bastante más reducido que el nuestro. Por ejemplo, cuando les preguntaba a mis amigos americanos sobre sus orígenes, muchos me contaban que habían vivido en varios estados distintos y que, aunque se hubieran criado en un lugar, lo habían dejado hacía demasiado tiempo y ya no guardaban ningún vínculo con este. Se movían mucho en el territorio nacional y era difícil mantener relaciones duraderas. Pocos mantenían los amigos del colegio o la adolescencia. Algo imposible de concebir para mí, mis amigas llevaban en mi vida más de diez años.

Por fin llegó el día del vuelo. Hacía tiempo que no tenía tantas ganas de subirme a un avión. No me importaban las siete horas y media que duraba el trayecto. Cerré la maleta y la acerqué a la puerta. Regué las macetas y saqué la basura antes de irme. Mientras bajaba en el ascensor, revisé una vez más que llevaba el pasaporte y el cargador del móvil, los únicos imprescindibles. Con prisas por llegar, me fui rumbo al aeropuerto. Llegué con un par de horas de antelación. Después de completar la facturación, me senté frente de la puerta de embarque. Abrí mi portátil para responder a varios *emails* y terminar un par de informes del trabajo, pero me despisté con los pasajeros que iban llegando y no avancé en ninguna de las dos cosas. Era muy entretenido observarlos. Muchos de ellos parecían españoles y me hacían sentir cada vez más cerca de casa. Me imaginaba qué historias había detrás de ellos. Quizás algunos regresaban de vacaciones y otros, como yo, vivían en Estados Unidos e iban a ver a sus familias. En sus caras se notaba la alegría, y armaban ese bullicio español característico que tanto echaba de menos.

Igual que percibía diferencias en los vínculos con el pasado, también los españoles teníamos una manera distinta de relacionarnos. Éramos mucho más espontáneos y sociables. Nos encantaba hablar de nuestra vida y comentábamos la de los otros por menos de nada. En cambio, los americanos eran mucho más reservados e independientes, su vida personal era mucho más privada que la nuestra y el cotilleo no estaba tan presente.

El vuelo a Madrid se me hizo más corto de lo esperado. Tuve la suerte de que me tocase ventanilla y con la almohada apoyada en la pared del avión pude dormir por varias horas. Estaba agotada. La azafata me despertó con el servicio del desayuno. Quedaban apenas dos horas para llegar. Mi corazón se aceleró, estaba muy emocionada.

Aterrizamos en Barajas con los primeros rayos de sol. Salí del avión y seguí los carteles hasta llegar al conector de la terminal T4S a la T4. Antes de coger el autobús a Gijón, paré a tomarme un bocadillo de jamón ibérico con un café con leche en una de las cafeterías de la terminal. Reconocí a varios de los viajeros de mi vuelo. Entendí que aquel sitio lo habían puesto pensando en los españoles que venían del extranjero y echaban de menos un buen bocadillo de jamón serrano. Supongo que todos añorábamos esos sabores que nos hacían sentir en casa.

Después de un largo viaje, llegué a Gijón un 4 de agosto. Era viernes por la tarde. Al bajarme del autobús respiré ese aroma a mar que solo los que llegan pueden percibir. El cielo estaba gris y caía una lluvia fina característica de Asturias y a la que llamaban «*orbayu*». No importaba la época del año, si el *orbayu* llegaba, podía quedarse durante varios días, incluso semanas. Distinguí a mi padre esperándome en la acera. Se le iluminó la cara al verme y corrió a darme un abrazo. Mi madre y mi hermana me esperaban en casa. Había pasado demasiados meses sin ellos y, ahora que los tenía cerca, me daba cuenta de lo mucho que los había echado de menos. Regresar a Gijón era reencontrarme con la Lola del pasado, conmigo misma, con mis raíces. Reforzaba mi identidad. Me tranquilizaba saber que ese seguía siendo mi lugar.

Como era tradición, aunque no hubiera cumpleaños que festejar, el domingo de ese mismo fin de semana hicimos una barbacoa con la familia para celebrar que estábamos todos juntos y que era verano. Mi madre era una gran cocinera y, con la ayuda de todos, preparó una comida de competición, como decía mi padre. Después de vivir en el extranjero, había aprendido a apreciar aún más todos esos platos que en Estados Unidos no podía comer. Por un momento, observé la mesa, que se había quedado pequeña llena de comida, y me sentí afortunada por estar allí.

Era muy interesante ver cómo mi perspectiva de la realidad había cambiado tanto. Ahora valoraba infinitamente más esas cosas que antes había asumido como normales. A mis padres los veía de otra manera también. Mi madre, aunque tuviera sus limitaciones y a veces las noticias sensacionalistas llenasen su cabeza de paranoias, era todo corazón y siempre nos ponía por delante. Tenía una bondad increíble, y su amor, que no tenía límites, inundaba la casa. En cambio, mi padre tenía una manera diferente de transmitirlo y, aunque no fuera mucho de mostrar su cariño, lo hacía ayudándonos y con sus conversaciones llenas de buenos consejos y de sabiduría. A él le encantaba caminar y tanto mi hermana como yo disfrutábamos paseando juntos. Podía ser por la montaña o por el paseo marítimo, agarradas cada una de un brazo y hablando de las relaciones o de la vida. Volver a pasar tiempo con ellos me hacía ser consciente de los momentos que me estaba perdiendo por vivir en otro país. Me sentía un poco culpable. Sabía que la vida poco a poco pasaba. Igual que yo me hacía una mujer adulta, ellos envejecían.

Durante mi visita, también tuve tiempo de disfrutar con mis amigas, a las que también había echado mucho de menos. Uno de mis planes favoritos era ir a la cuesta del Cholo, una rampa empedrada en las faldas de Cimadevilla, justo al lado del puerto deportivo. En esta zona había bares y la gente compraba algo para beber, por lo general sidra, y se sentaba en la calle a tomarla y a socializar. Por las tardes estaba muy concurrida y era un lugar perfecto para ver y ser visto. Gijón era pequeño y casi todos hacíamos planes parecidos.

Al Cholo fuimos un jueves por la tarde. Hacía un día rabioso de verano, con un sol sin nubes y ni una gota de viento. Había pasado el día en la playa de la Ñora con mi hermana y dos de mis mejores amigas de voleibol, Rebeca y Ana, y, para terminar la tarde, fuimos allí a tomar algo. Iba poco arreglada, con un vestido rosa de hacía tres veranos, el pelo ondulado por el agua salada y arena en los tobillos. Pero no me importaba, con la piel morena sentía que todo me quedaba bien. Con un par de botellas de sidra, nos sentamos en una parte del muro a hablar de nuestras vidas y a disfrutar del atardecer.

El sol se escondía y empezaba a oscurecer. Íbamos por la cuarta botella y el alcohol se nos empezaba a subir a la cabeza. La sidra tenía la curiosa característica de darte un punto de alegría, risa y espontaneidad que no te daban otras bebidas alcohólicas. Yo me sentía un poco mareada, pero a gusto con la vida. Cuando comparaba los planes que hacía en Estados Unidos con los que hacía allí, ni el restaurante más elegante ganaba a cualquiera de mis planes en Gijón. Lo normal se había convertido en extraordinario.

Le estaba sirviendo sidra a Rebeca cuando un chico en bicicleta pasó por delante nuestra a cierta velocidad. Lo vi de lado y no presté mucha atención. Mi hermana, que había bebido bastante menos sidra que yo, reconoció a Daniel y gritó su nombre. Se paró a saludar con su naturalidad característica. Hacía mucho tiempo que no hablábamos. Nuestra relación se había enfriado hasta el silencio meses atrás, cuando empecé a espaciar mis respuestas por días o semanas. Todo por miedo a que Yazid leyera sus mensajes y malinterpretara la situación.

Me alegraba mucho de verlo y, por su sonrisa, parecía que él también de verme a mí. Daniel seguía tan atractivo como siempre, estaba muy moreno. Su barba y sus rizos no habían cambiado. Se bajó de la bicicleta y se quedó un rato a hablar con nosotras.

—¡Hola, chicas! ¿Qué tal? —nos preguntó con un gesto natural—. ¡Lola, no te esperaba por aquí!, me imagino que estás de visita. ¿Te quedas mucho tiempo?

—Sí, aquí, disfrutando del verano y de Gijón. Me voy en dos semanas más o menos. ¿Y tú, cómo estás? —Estaba un poco tensa y con la sidra se me trababa la lengua aún más.

—¡Qué bien! ¡Me alegro! —Me sostuvo la mirada por unos segundos—. Aquí todo bien, ahora doy clases de buceo en Candás y otras playas. También me he comprado una caravana para tener más libertad, ya sabes… —Sonrió mientras compartía sus últimas noticias—. Además, estoy intentando hacerme un hueco en el diseño y trabajo desde casa.

—¡Cuántas noticias! Me alegro muchísimo. Era lo que siempre habías querido, ¿verdad?

201

Por un momento, me imaginé cómo hubiera sido mi vida si aún siguiéramos juntos.

—Sí, ¡ya ves! Me siento muy afortunado. Bueno me voy... Si tienes un rato para tomar algo, escríbeme. ¡Tengo mucha curiosidad por saber de tus aventuras en Baltimore! —Sonrió, y otra vez mantuvo mi mirada—. ¡Hasta luego, chicas!

A pesar del tiempo y de que nuestra relación no hubiera funcionado, aún sentía una gran atracción por él. Entre los dos había una especie de comunicación no verbal, complicidad. Sentía tranquilidad a su lado.

La relación de Yazid y la de Daniel habían sido muy distintas. En un principio había valorado más la relación de Yazid, pero ahora me daba cuenta de que Daniel era una persona mucho más transparente y menos enrevesada, más conveniente para mí. Me había alegrado mucho de verlo y me tomé en serio esa proposición de quedar. Me apetecía disfrutar de su compañía y, después de todo, yo era libre y podía hacer lo que me apeteciera. Ya no me preocupaba por lo que pensara Yazid. Ya no estaba en mi vida.

22

Tres días después de haberme encontrado con Daniel, le envié un mensaje y decidimos quedar esa misma tarde. Me pregunté si había sido una coincidencia que no tuviera planes o si, en cambio, había priorizado el verme. Quedamos a eso de las seis de la tarde para dar una vuelta en bicicleta. Haciendo referencia al pasado, Daniel sugirió la estatua de Pelayo como punto de encuentro.

Sabía que la nostalgia influía, pero tenía muchas ganas de verlo. Me sorprendí a mí misma preocupada por cómo ir vestida, pasándome la cuchilla de depilar y eligiendo la ropa interior. Supongo que siempre es mejor estar preparada para cualquier situación, pero esas acciones dejaban entrever mis expectativas. Tras varias vueltas por la habitación, decidí ponerme unos pantalones cortos vaqueros con una camiseta blanca y una americana verde caqui. Quería gustarle y sabía que le encantaba ese color.

Aquella tarde el cielo estaba nublado, pero hacía bastante calor. Bajé en bicicleta hasta el centro. Iba más rápido de lo que debería, pero conocía las calles a la perfección y llegaba tarde. Sentía un cosquilleo en la tripa que aumentaba a medida que me acercaba al lugar donde habíamos quedado.

Daniel me esperaba sentado en la fuente, con su bicicleta apoyada a su lado. Se levantó de un salto al verme llegar. Le brillaban los ojos y sonreía. Nos saludamos con un abrazo que duró varios segundos. Le sentía tan cercano como siempre, como si no hubiera pasado el tiempo.

Caminamos con la bicicleta en la mano mientras hablábamos y esquivábamos a la gente. La plaza del ayuntamiento estaba a rebosar y no se podía ir en bicicleta sin correr el riesgo de atropellar a algún viandante. Cuando llegamos a la iglesia de San Pedro nos subimos en la bici y el resto del paseo lo hicimos pedaleando hasta el Rinconín. El carril era estrecho y había bastante tráfico de bicicletas, teníamos que ir uno detrás del otro. Daniel iba delante y a veces se giraba para asegurarse de que le seguía el ritmo. La zona de peatones también estaba bastante concurrida. Había caminantes de todo tipo: los que disfrutaban de las vistas o de la tranquilidad de la tarde, los que hacían ejercicio, grupos de adolescentes que salían de la playa, jubilados sentados en los bancos, familias con niños que correteaban, surfistas con su tabla caminando descalzos, los vecinos que paseaban al perro, turistas que no paraban de hacer fotos… El paseo era un lugar de encuentro y una de las zonas más transitadas y populares de la ciudad.

Llegamos al final del paseo, al parque del Rinconín. Ese era mi lugar favorito de todo Gijón. Estaba lleno de palmeras y en él estaba la estatua de la Madre del Emigrante. Una escultura que había sido creada como un homenaje a los emigrantes asturianos y a sus madres. De frente al mar y con una mano extendida, la figura representaba a la madre que se despedía de sus hijos. De los que partían rumbo a las Américas en busca de fortuna y se perdían en el horizonte del mar o de la vida. Para mí, aquella estatua representaba no solo a mi madre, también a mi familia y a quienes me echaban de menos cuando estaba lejos. Algunos la llamaban la Loca, con su melena despeinada y cuerpo lánguido. Parecía haber perdido, y nunca mejor dicho, el norte. Pero para mí, no podía estar más cuerda. Había una canción de Maná, *El muelle de San Blas*, que también parecía hacerle tributo. Esta canción hablaba de una mujer que se quedó toda la vida en el puerto esperando a su enamorado. Un amor que se fue un día en barco y nunca regresó.

Aquella zona del paseo estaba alejada del centro y bastante menos transitada. Reinaba la calma. La estatua se encontraba en una plaza que tenía un muro alrededor. Era un lugar perfecto para sentarse a hablar.

—¿Te parece si nos sentamos en ese muro, mirando al mar? —pregunté.

—Sí, me parece genial —sonrió.

Dejamos las bicicletas apoyadas a nuestro lado y nos sentamos en el muro, con la Madre del Emigrante a nuestra espalda. Se respiraba paz y había una brisa suave. Nos pasamos un par de horas poniéndonos al día. Le conté de Baltimore, de mi independencia, de la vida en Estados Unidos, de mis planes... El me habló de Gijón, de su furgoneta y de sus proyectos. Daniel estaba en un buen momento y se notaba. Las cosas le iban muy bien y, poco a poco, estaba encontrando su camino. Quería viajar con el buceo y perderse en los mares de aguas cristalinas de todo el mundo. Seguía siendo un alma libre.

Sin darnos cuenta, la conversación derivó hacia anécdotas del pasado y nos rodeó la nostalgia. Nos habíamos ido acercando y ahora nuestros brazos se tocaban. Aquella tarde no nos hizo falta beber vino para que los sentimientos resurgieran y nos besáramos. El primero fue un beso suave en los labios, seguido de un abrazo que duró varios minutos. Habíamos vuelto a las andadas, pero no lo podíamos evitar, surgía naturalmente.

—Niña, todo este tiempo te he echado mucho de menos —me murmuró al oído mientras seguíamos abrazados—. No sé qué voy a hacer contigo. Ya sé que tu vida está en otro lugar, pero tengo una debilidad por ti que no puedo remediar.

—Daniel… Yo también te he echado de menos, a ti y a tu energía. Siempre que pienso en ti, sonrío. —Lo abracé un poco más fuerte.

—Qué bien haberte encontrado en la cuesta del Cholo el otro día —confesó riéndose.

—Ya ves. Qué bonita coincidencia. Quizás estuviéramos destinados a encontrarnos otra vez.

—Sí, quizás estamos destinados a estar juntos… —Me miró a los ojos.

—No sé qué decir. Las cosas han evolucionado de una manera tan extraña…

—Ya, eso es verdad. Pero pase lo que pase, me puedes escribir y cuando vengas por aquí... Hubiera sido una pena no haberte visto.

Mis sentimientos eran confusos en esos momentos y no supe qué decir. Hacía un par de meses estaba obsesionada con Yazid, creía que aún lo estaba y que solo tenía ojos para él. En cambio, ahora con Daniel, mis sentimientos se difuminaban y Yazid ocupaba una situación secundaria. Con Daniel era fácil dejarse llevar y pasar de una relación de amistad a una romántica. Siempre parecía estar disponible para mí. Sin importar cuánto tiempo o lo que hubiera ocurrido entre los dos; seguía con su eterna tolerancia y paciencia, dispuesto a volver conmigo y olvidar el pasado.

A veces deseaba poder enamorarme de él y olvidar a Yazid para siempre. Pero ¿por qué no era capaz? Había algo que no terminaba de cuajar y no podía explicar. Quizás algo químico, irracional, o tal vez algo más sencillo como la falta de estabilidad que sentía con él.

Nos quedamos allí, contemplando el atardecer hasta que anocheció. A los dos nos apetecía seguir disfrutando el uno del otro y decidimos enlazar la tarde con la noche e ir a cenar. Deshicimos el paseo en bicicleta hasta el barrio de Cimadevilla y subimos a la plaza de Lavaderu, la más emblemática del barrio y en la que estaba nuestra sidrería favorita. Quitando sus croquetas, el resto de la comida era sin más, pero había sido el primer restaurante al que fuimos a cenar juntos y estaba lleno de buenos recuerdos. Cenamos en una de las mesas de la terraza, sentados uno al lado del otro, mientras hablábamos de todo y de nada. El ambiente se fue caldeando y cuando terminábamos de cenar, Daniel me hizo una proposición:

—Niña, estaba pensando… ¿Te apetece quedarte en mi casa a dormir? —Mientras, me apretó la pierna por debajo de la mesa y me sonreía.

—Si insistes… —Le contesté bromeando—. Claro que sí. Llevo toda la cena esperando a que me lo pidas. —Me acerqué para darle un beso en el cuello, no me importaba que hubiera gente a nuestro alrededor.

Bajamos en bicicleta hasta su casa. Volver a esa calle empedrada de edificios antiguos y balcones estrechos me transportó a momentos del pasado. Abrió la puerta de madera antigua y dejamos las bicicletas aparcadas en aquella pequeña entrada. Aún recordaba las paredes cubiertas de azulejos verdes con formas geométricas. Subimos las escaleras hasta el quinto y último piso. Me invitó a pasar.

Había hecho un buen trabajo decorándolo y estaba mucho más bonito que la última vez. Después de enseñarme el salón, me guio de la mano por el pasillo hasta su cuarto. Al lado de la puerta estaba apoyada la tabla de surf, y el traje de neopreno colgaba de un gancho al otro lado. Su habitación tenía una estética hippie y elegante a la vez, con colores neutros. Colgando de las vigas del techo había una hamaca y, al lado, estaba la cama. También tenía varias plantas y una mesa de estudio encima de la ventana abuhardillada.

Me dio un beso de esos largos y apasionados mientras nos caíamos en su cama. Me acarició el cuello y bajó hasta los hombros. Nos quitamos la ropa y nos perdimos entre las sábanas.

Aquella noche, Daniel me dio el cariño y las caricias que tanto necesitaba. Era un bálsamo y lo sería siempre.

Habíamos dejado la ventana abierta, y la luz del amanecer y el ruido de las gaviotas me despertaron. Daniel, acostumbrado, dormía profundamente. Estábamos desnudos y solo nos tapaba una sábana blanca. Tenía un poco de frío y me acurruqué contra él un poco más. Pasó un rato largo hasta que se despertó y, aun con los ojos cerrados, me estrechó entre sus brazos. Me dio un beso en el hombro, haciéndome cosquillas con la barba.

Alargamos las horas entre las sábanas hasta que nuestras tripas empezaron a sonar y decidimos vestirnos e ir a buscar algo para el desayuno. A Daniel le encantaban los *croissants* de almendra de la confitería de La Fe y fuimos paseando a comprar unos. Sus pasteles eran famosos en toda la ciudad y esos *croissants* solían acabarse antes de la hora de comer. Los compramos para llevar y caminamos hasta el puerto deportivo. Hacía una mañana perfecta. Nos sentamos en uno de los bancos a desayunar y a disfrutar del sol de por la mañana. Daniel estaba pensativo.

—Daniel, dime en que piensas, estás muy callado —le dije mientras le pellizcaba la mejilla.

—Niña, yo sé que quizás esto no tenga mucho sentido —se atrevió a decir—, pero quiero que sepas que todavía te quiero y, aunque haya pasado bastante tiempo, no he conseguido olvidarte.

—Daniel…

—Espera, déjame terminar —me interrumpió—. A veces pienso que tiene que significar algo que, después de estar tantos meses sin vernos, tengamos esta conexión y la atracción y el cariño sigan impermeables. Quiero que sepas que siempre tendrás un lugar especial en mi corazón y en mi mente. No te quiero pedir que seamos novios porque sé que en la distancia es difícil y que tú tendrás tus cosas y tus dudas, pero quiero que lo sepas.

—No sé qué decir... Te quiero un montón y significas mucho para mí. Siempre estás ahí, a pesar de todo lo que ha pasado. Me has demostrado mucho estos años. A veces pienso que no merezco que te portes así de bien conmigo.

—Tampoco tienes que pensar así... Egoístamente, también lo hago por mí; me encanta pasar tiempo contigo.

—Sí, pero ¿vamos a estar así toda la vida?, ¿juntos, de manera intermitente, siempre que nos reencontremos?

—Yo no le veo nada malo. Los dos somos libres. —Me acercó hacia él y me besó.

El tema se quedó ahí. El resto de los días fueron muy felices: pasé tiempo con mi familia, con mis amigas y también con Daniel. Nunca exigía nada y me dejaba mi espacio para que hiciera los planes que quería. Nadie se sorprendió por aquella vuelta a las andadas. A esas alturas era difícil de explicar lo que había entre los dos y menos aún de categorizar nuestra relación. Los dos sabíamos que, a pesar de todo, existía un vínculo único y especial que seguía intacto al tiempo y todo lo que había pasado.

23

21 de agosto de 2017

Baltimore, Maryland, Estados Unidos

Llegué a Baltimore una tarde de domingo gris y de atmósfera pesada. La ciudad estaba vacía y no se veía a nadie por las calles. Hacía un calor húmedo. Saludé a la portera que me recibió con una sonrisa.

Al abrir la puerta de mi apartamento me rodeó la soledad y por unos instantes deseé estar en Gijón. Me había acostumbrado a la compañía de mi familia y el silencio se me hacía incómodo. Dejé mi maleta en una esquina, retrasando el momento de ordenarla hasta el día siguiente y respiré profundo. Acababa de llegar y ya fantaseaba con el siguiente viaje a España. Estaba agotada y me sentía absurda. Me tiré en el sofá y encendí la televisión para callar mis pensamientos.

Para huir de la nostalgia del final del verano, y de esa vida en Gijón que había dejado atrás y que ahora idealizaba, me centré en mi trabajo y en completar la solicitud para obtener una plaza de residente de Neurología. No tenía demasiado tiempo, los plazos se abrían el quince de septiembre.

Envié mi solicitud a cien hospitales. Podían parecer demasiados, pero el proceso era muy competitivo y no sabía cuántas entrevistas iba a conseguir. Había muchos más estudiantes que plazas de residente y aunque yo tenía un buen currículo, no tenía nada asegurado.

Después de un par de semanas de incertidumbre, por fin, empecé a recibir invitaciones para entrevistas. Estaba muy contenta y recibía cada una de ellas como un triunfo. Al fin y al cabo, cada una representaba una oportunidad más para conseguir una plaza de residente y acercarme a mi objetivo de ser Neuróloga en Estados Unidos. La mayoría llegaban de hospitales situados en ciudades grandes como Nueva York, Miami o Chicago, pero también de poblaciones más pequeñas como Worcester o Cleveland. Cada lugar ofrecía un clima y un estilo de vida diferente, y eso era algo que también tenía que valorar.

Por suerte, las entrevistas eran presenciales y tendría la oportunidad de experimentar esos lugares y ver cuáles me convencían más. Me esperaban varios meses de aeropuertos y de hacer y deshacer maletas. Era un momento muy importante en mi vida profesional y estaba dispuesta a disfrutarlo. Mi jefe, que en el pasado había vivido el mismo proceso con otros estudiantes, me animó a decir que sí a todas esas invitaciones e hizo la vista gorda a mis ausencias del trabajo.

La primera de todas fue en Filadelfia. Llegué a la ciudad en el último tren de la tarde y fui directa al hotel. Estaba nerviosa y no podía pensar en nada más que en la entrevista del día siguiente. Me imaginaba mil escenarios y la ansiedad iba en aumento. Esperaba que la gente fuera simpática y que los médicos que me entrevistaran no me hicieran preguntas muy difíciles. Tenía la cabeza embotada y no me apetecía hacer nada, ni cenar. Me di una ducha caliente para relajarme y me puse el pijama. Antes de meterme en la cama, me forcé para planchar el traje, aún sin estrenar, y lo dejé colgado en la puerta. Ignoré la televisión y apagué la luz. «Mañana será un buen día», pensé antes de cerrar los ojos. Di varias vueltas entre las sábanas hasta que conseguí dormirme.

Me desperté al día siguiente con la alarma del móvil, que descansaba dejado de mi almohada. Tardé un par de minutos en ubicarme y en recordar que hacía allí. Sin alargar esos momentos, me levanté de la cama y me puse aquel uniforme: un traje de chaqueta y pantalón negro a juego con una camisa blanca. El espejo me devolvió una imagen impersonal. Buscaba conseguir un aspecto profesional, pero debajo de aquella ropa mi personalidad desaparecía. Recogí mi melena en una trenza y, con un maquillaje discreto, puse rumbo al hospital.

Con cierta timidez, entré por la puerta principal y me acerqué al mostrador. Antes de que pudiera preguntarle nada, la recepcionista me señaló a un grupo de gente que esperaba, también vestida de traje, en una esquina. Supongo que mi apariencia era obvia.

Caminé hacia ellos con paso firme e intenté no perder la calma. Formaban un círculo, rodeando a una mujer. Todos escuchaban con atención lo que decía. Era menuda, pero destilaba seguridad. Se trataba de Betty, la coordinadora del programa, y nos daba la bienvenida mientras hacía recuento de cuántos éramos. Hablaba rápido y se movía de un lado a otro sin parar. Tenía muchas arrugas y llevaba el pelo enlacado en una coleta repleta de canas. Parecía que aquella mañana se había excedido con el maquillaje y la sombra de ojos de color rosa le echaba aún más años encima.

Puse mi mejor sonrisa y me presenté. Era una situación artificial. Todos estábamos enfundados en trajes oscuros de corte rancio buscando no desentonar. Escondíamos nuestros miedos e inseguridades detrás de una sonrisa forzada. Nadie sabía qué decir y, después de saludarnos, se hizo un silencio incómodo. Afortunadamente, no nos quedamos allí por mucho tiempo y pronto Betty nos guio hasta una sala de reuniones. Era una habitación que olía a moqueta usada, sin ventilación y sin ventanas, con una mesa redonda y sillas alrededor. Nos dio a cada uno una hoja con el programa completo del día. También nos entregó una pegatina que tenía escrito nuestro nombre y procedencia, así como la universidad donde habíamos estudiado. Aquello era como ponernos pedigrí, una manera de identificarnos, facilitando la emisión de juicios rápidos. Lo que de verdad éramos cada uno de nosotros, nuestra esencia, quedaba en segundo plano.

Desde las ocho de la mañana en adelante, un sinfín de formalismos y códigos de conducta condicionaron las interacciones con los futuros residentes y con toda persona que pasaba por allí. Cualquier gesto o movimiento había sido calculado al detalle. Todos actuaban, ¿acaso lo hacía yo también? Completé las cinco entrevistas programadas y como era de esperar, las preguntas que me hicieron fueron exactamente las mismas que había leído en los foros. Entendí lo prefabricado de aquellas interacciones que no pretendían conocer a la persona detrás de cada solicitud, si no verificar el currículo.

Por fin, el día terminó. Aunque todas las conversaciones habían ido bien, me había sido imposible discernir si les había gustado o no. Los americanos eran muy diplomáticos y uno nunca sabía qué esperar detrás de sus sonrisas. De todas maneras, había superado sin errores la primera entrevista, estaba satisfecha. Aunque todo me había parecido una coreografía, había bailado bien. Intenté convencerme de que esa sensación de artificialidad no eran más que formalismos a los que me acostumbraría a medida que fuera haciendo más entrevistas, y así fue.

Entre todo ese ir y venir de entrevistas, nunca me daba tiempo a deshacer la maleta del todo y se me hizo normal pasarme los días viajando de un lado a otro del país. Aprendí a disfrutar de la espera en las puertas de embarque y a tolerar las prisas. Observé la relatividad de las horas del día cuando mi desayuno se mezclaba con viajeros de otras zonas horarias que tomaban cervezas o cenaban a las nueve de la mañana. Perdí la vergüenza a comer en soledad y, siempre que podía, aprovechaba las tardes previas a la entrevista para hacer turismo.

Uno de mis lugares favoritos fue la Universidad de Chicago. Me influían los bonitos recuerdos que tenía con Yazid, pero también por Sofía, la chica chilena que había conocido en Jordania. Cuando nos conocimos, ella estudiaba Medicina en Chicago y ahora era residente de Medicina Interna, en uno de los hospitales de la ciudad. Habíamos estado en contacto intermitentemente y para que no tuviera que pagar hotel, me invitó a hacer noche en su casa. Me alegraba mucho de volver a verla.

La misma tarde que llegué fuimos a tomar unas cervezas con sus amigos del hospital y me presentó a varios residentes de Neurología, entre los que estaba su novio, Mike. Sofía estaba encantada en aquella ciudad. Tenía un gran círculo social y, además, le encantaba el lugar donde trabajaba de residente. Era un libro abierto y me contó con detalles su vida y sus planes de futuro. Aunque le gustaba Chicago, soñaba con regresar un día a San Diego. También me confesó lo enamorada que estaba de Mike y sus deseos de casarse con él. Me sentí culpable por mi secretismo en cuanto a Yazid y por haberle ocultado mis viajes a Chicago. Me arrepentía de no haberle contado nunca la verdad, pero ya era demasiado tarde. Después de todo, Yazid ya no estaba en mi vida.

Pensé que Chicago sería el lugar perfecto para hacer la residencia hasta que descubrí Dallas. Había pasado desapercibida entre otras ciudades más famosas, pero cuando me entrevisté allí, mi visión cambió. Todos eran muy simpáticos. A diferencia de las demás entrevistas, en esta me hicieron preguntas más personales y me hicieron sentir especial. Su programa era muy completo y los residentes trabajaban en tres hospitales distintos: el comunitario, para gente sin recursos o sin seguro médico; el universitario o privado y el de veteranos de guerra y soldados, que en Estados Unidos tenían su propia red de hospitales. Aquella podría ser, sin duda, una experiencia única para formarme como neuróloga. Además, en ese hospital había un grupo de médicos expertos en esclerosis múltiple y podría seguir con mi investigación. Sentí que ese era mi lugar. Soñé con conseguir una plaza allí.

En las horas muertas de ese ajetreo de viajes, a veces pensaba en Yazid y cómo habíamos terminado. Imaginaba cómo serían las cosas si él también estuviera haciendo entrevistas para conseguir una plaza de residente y nuestro sueño de estar juntos estuviera más cerca de cumplirse. Sentía rabia al recordar una vez más su cambio de planes y como se habían separado nuestros caminos. Intentaba convencerme a mí misma de que las cosas habían sucedido de esa manera por algo y que había sido lo mejor para los dos, pero ese pensamiento solo me duraba unos minutos.

A veces entraba en una espiral de pensamientos negativos y me ponía triste. Mi hermana siempre había sido la voz racional de mi conciencia y un día, mientras hablábamos por teléfono, me dijo algo que me ayudó mucho en el proceso de sanar la herida de Yazid.

—Lola, yo entiendo que tengas esos sentimientos mezclados hacia Yazid, pero podrías pensar en él de una manera más sana —dijo Sara con su voz paciente.

—A ver, dime…

—A veces las personas llegan a nuestras vidas para redirigir nuestros pasos, nuestra trayectoria. —Hizo una pausa antes de continuar—. Yo, por ejemplo, en vez de pensar en Yazid como un error o alguien que no cumplió su palabra, lo entendería como alguien que apareció en tu vida para guiarte en tu camino y que fueras a Estados Unidos a formarte como neuróloga —concluyó.

—Ya, pero no sé, Sara, aparte de eso, no puedo quitarme de la cabeza todas las cosas que dijo y que nunca cumplió.

—¿Qué cosas? ¿Por qué no te concentras en lo bueno? Estás creciendo exponencialmente en ese país y él ha sido el motor.

Sara tenía razón. Mis pensamientos sobre Yazid eran negativos y no me aportaban nada. Sí, había traído cosas malas a mi vida, pero también tenía otras muchas por las que darle las gracias. Aunque había llegado ahí gracias a mi esfuerzo y trabajo, tenía que reconocer que él había sido el principal estímulo para que iniciase mi carrera en Estados Unidos.

Si todo salía bien, pronto empezaría la residencia de Neurología. Tocaba mirar hacia adelante y olvidarse de todo lo malo.

Después de una larga espera, el dieciséis de marzo, recibí la carta de aceptación para hacer la residencia en Dallas. Aquel fue uno de los días más felices en mucho tiempo.

¡Por fin, después de tanto trabajo, iba a ser neuróloga! Y en el lugar que más me había gustado… La alegría y el miedo me rodearon a partes iguales.

24

Lo había conseguido. Después de tantas horas de estudio, de exámenes y de dos años de investigación en el Johns Hopkins, por fin iba a empezar la residencia de Neurología. Tardé varios días en asimilarlo del todo. No podía parar de sonreír cuando compartía la noticia con mi familia y mis amigas. Todos se alegraban mucho por mí. Incluidos mis padres que, aunque no les gustaba que estuviera tan lejos, sabían lo importante que era para mí y me apoyaban al cien por cien.

El mes de marzo fue un mes de triunfos. Uno de mis proyectos de investigación había sido aceptado en la conferencia anual de la Asociación Americana de Neurología. Tendría que presentarlo en mayo delante de doscientas personas. Mi trabajo había sido reconocido a nivel nacional y con ello demostraba a mi jefe que había merecido la pena contratarme. Aquella conferencia era la mejor manera de cerrar la etapa de Baltimore y salir por la puerta grande. Además, los resultados de mi estudio eran muy importantes para el tratamiento de la esclerosis múltiple. Presentarlos en esa conferencia iba a ser una gran oportunidad para aumentar su difusión. El estudio demostraba que las personas afroamericanas sufrían una esclerosis múltiple mucho más agresiva que las caucásicas. Esta información era relevante porque ayudaría a decidir qué tratamientos eran más adecuados para los pacientes afroamericanos y a darles la visibilidad que la ciencia obviaba en muchas ocasiones.

Después de la alegría porque mi trabajo hubiera sido aceptado, llegó otra vez la inseguridad y la preocupación por estar a la altura. Nunca se me había dado bien hablar en público, y menos aún en inglés y ante tanta gente. De normal, tendía a hablar muy rápido y, cuando me ponía nerviosa, me aceleraba aún más, lo que hacía que me costase articular determinadas palabras y me trabase estrepitosamente. Siempre había odiado las presentaciones del instituto o de la universidad. Lo pasaba fatal y terminaba hablando a toda velocidad, como si se fuera a acabar el mundo. Esta vez no lo permitiría y practiqué decenas de veces ante el espejo y con cualquiera que me daba la oportunidad. Mi objetivo era interiorizar la charla de manera que cuando me tocase presentarla, las palabras fluyeran y solo tuviera que concentrarme en no hablar muy rápido.

Llegó la semana de viajar a Los Ángeles, donde tendría lugar la conferencia. Había visto la ciudad cientos de veces en las películas o las series de televisión, y había soñado con visitarla. Neuroinmunología y Los Ángeles, una combinación perfecta. La convención duraba unos cinco días repletos de charlas y presentaciones. Teóricamente, no tendría mucho tiempo libre para hacer turismo, pero pensaba saltarme alguna de estas charlas y conocer la ciudad. Por suerte, mi ponencia estaba programada para el primer día. Una vez hecha, podría relajarme y disfrutar tanto del simposio como de Los Ángeles.

Aterricé un lunes por la noche. Después de comprarme una ensalada para llevar en un puesto del aeropuerto, me fui directa al hotel a practicar una vez más la presentación. Estaba nerviosa. Cada vez que me imaginaba hablando ante tanta gente, me daba un vuelco al corazón. Tenía que calmarme y confiar en mí misma. Me quedé practicando hasta la una de la madrugada y a pesar del cambio horario y de que en Baltimore ya fueran las cuatro de la mañana, me costó coger el sueño.

Al día siguiente me levanté con los ojos hinchados y con una bruma en la cabeza por no haber descansado bien. Me lavé la cara con agua fría y disimulé la mala noche detrás de un buen maquillaje. Reciclé el traje de las entrevistas como atuendo y me fui rumbo al centro, donde tenía lugar la conferencia, unos diez minutos a pie. Para ser mayo hacía una mañana fresca, pero agradecí el frío en la cara, que me ayudó a despertarme. Las calles estaban vacías y solo me crucé con algún sintecho y otros asistentes al simposio, que vestían trajes formales y llevaban su identificación colgada del cuello.

Llegué al palacio de convenciones y me dirigí al mostrador de información, donde me dieron un folleto con todo lo necesario para orientarme. Además de los horarios y los títulos de las ponencias y charlas, tenía un mapa para localizar las salas.

Aquel evento era inmenso. A casi todas las horas había cinco charlas programadas simultáneamente. La cantidad de información que ofrecía la convención era abrumadora, pero a la vez me alegraba saber cuantas personas había involucradas en la investigación en Neurología. Tenía curiosidad por escuchar esos avances y descubrimientos.

Después de revisar el folleto e identificar la sala donde tendría lugar mi exposición, cogí un café y me dirigí hacia ella. Un escalofrío me recorrió la espalda y el corazón se me aceleró al entrar. Debía tener un aforo de cuatrocientas personas. Agradecí que fueran las ocho de la mañana y de que aún faltaran un par de horas para mi turno. Necesitaba prepararme mentalmente y calmar los nervios. Decidí quedarme allí y atender las sesiones anteriores para familiarizarme con la dinámica, ver cómo se desenvolvían los demás e inspirarme. Tomé nota de cómo los otros ponentes respondían a las preguntas y me visualicé en su lugar. Si ellos podían, yo también.

Terminó la sesión anterior a la mía y el presentador anunció quince minutos de descanso. Inspiré profundo, con el vientre, para calmar mis nervios. La sesión en la que participaba yo estaba formada por cuatro exposiciones de unos veinte minutos cada una, y la mía sería la segunda. Me dirigí a la primera fila y me senté al lado del señor que moderaba la sesión. Ocupé el mismo lugar que minutos antes habían ocupado los otros ponentes. A los pocos minutos, llegaron los otros tres investigadores. Me presenté con timidez.

Todos eran hombres, rondaban la cincuentena y tenían un aire intelectual. Yo era la única mujer y la más joven, no pegaba con ellos. Dos eran de Estados Unidos y el tercero, era canadiense. Todos hablaban un inglés pulido y perfecto. Nos quedamos callados y mirando al frente, esperábamos con impaciencia a que empezara la sesión. Al rato, el canadiense rompió el silencio:

—No sé vosotros, pero esta es mi primera presentación ante tanta gente. ¡Estoy muy nervioso! —En la solapa de la americana llevaba su identificación. Se llamaba Tom.

—Yo también. Esperemos que el público no haga preguntas difíciles —contesté, aliviada al saber que yo no era la única.

—No os preocupéis, todo va a salir bien. —Peter, uno de los americanos, por el tono de su voz y su lenguaje no verbal, parecía estar de vuelta de todo—. Pensad que, por lo general, el ponente es el que más sabe de ese tema. En caso de no saber la respuesta, siempre puedes contestar que buscarás la respuesta y que al final de la sesión podéis hablar sobre ello.

—Pues sí…, pensado así —respondí un poco más relajada, aunque sin estar del todo convencida.

Pasados los quince minutos, el presentador subió al escenario e inauguró nuestra sesión. Mi corazón volvió a acelerarse y se me subió a la garganta. Un hormigueo ascendió por mis manos. Sentí la boca seca. Volví a respirar con el vientre en un intento desesperado de controlar los nervios. Había trabajado muy duro y no podía permitirme perder el control de la situación.

El canadiense terminó su ponencia y los aplausos dieron paso a mi exposición. El presentador dijo mi nombre y me levanté rumbo a la tarima. Había llegado mi turno. Sonreí al público y di un rápido vistazo a la sala que estaba medio llena. En la cuarta fila, mi jefe me devolvía la sonrisa. Hizo un gesto con la mano y me guiñó un ojo. Su presencia me tranquilizó.

Con las primeras palabras de mi charla se esfumaron los nervios y las inseguridades. Sin trabarme ni tartamudear, presenté mi proyecto. Las preguntas de los asistentes no fueron complejas y pude responderlas sin dudar, lo que consolidó mi presentación. Al terminar, el aplauso del público y, más tarde, las felicitaciones de mi jefe me convencieron de que lo había hecho bien.

Después de aquella mañana tan estresante, pude relajarme y disfrutar de la convención, en la que cada charla era más interesante que la anterior. Al final de la tarde, a eso de las seis, me fui a conocer la ciudad. Como no tenía mucho tiempo, prioricé Venice Beach que era una de las zonas con más encanto de Los Ángeles. Recibía ese nombre porque estaba llena de canales que recordaban a Venecia, con casas unifamiliares con pequeños jardines y muelles privados que daban a los canales. A diez minutos de este barrio estaba la playa. Parecía infinita y tenía un paseo de varias millas que comunicaba con Santa Mónica, otro de los barrios más populares de la ciudad.

Recorrí las calles con sus canales y caminé en el atardecer por la playa. El viento ondeaba las palmeras. Gente en bicicleta y patines recorría el paseo marítimo en manga corta. Estaba relajada y satisfecha conmigo misma. Mi aventura en Estados Unidos estaba yendo muy bien. Por un momento imaginé vivir allí y pensé que quizás el sueño americano se pareciera a eso.

El resto de mis días en Los Ángeles pasaron tranquilos, caminando del hotel a la conferencia y disfrutando de la ciudad. Aunque esta era inmensa y había muchos lugares por descubrir, los ignoré. Cada tarde que podía me escapaba a Venice Beach, a ver el atardecer, perderme en sus canales y pasear por la playa.

El último día de la convención hubo premios a las mejores presentaciones. Para mi sorpresa, mi proyecto fue premiado como el mejor en la categoría de Investigadores Jóvenes. Recibir aquel galardón era un gran prestigio y fue el broche de oro a mi etapa en el Johns Hopkins. Regresé a Baltimore con la cabeza bien alta.

Los últimos días antes de irme a Dallas fueron muy ocupados y me los pasé cerrando todos los asuntos que tenía pendientes. Me deshice de casi todas mis pertenencias, vendí mis muebles como pude y cerré la puerta de mi apartamento con vistas al Downtown para siempre.

Me daba pena dejar atrás a mis compañeros de trabajo y, sobre todo, a mis amigas, Afsaneh y Amaya. Iba a echar de menos mi vida en Baltimore, pero quién sabía, quizás algún día volviese a esa ciudad.

Hacía balance y, cuando miraba atrás, me daba cuenta de todo lo que había evolucionado en esos dos años. Y lo más importante, habia conseguido mi objetivo. Ahora, empezaba una etapa distinta pero apasionante también. Aprender el arte de la Neurología y de ser una buena médica.

25

23 de junio de 2018

Dallas, Texas, Estados Unidos.

Abrí la puerta de mi nuevo apartamento. Aún olía a pintura y estaba completamente vacío. «Otra vez a empezar desde cero», pensé. Recorrí con la mirada aquel lugar de paredes blancas que carecía de identidad. Me imaginé cómo podría decorarlo. Hice un repaso mental de lo que tendría que comprar para amueblarlo. Iba a necesitar muchas energías para convertir aquel sitio vacío en mi hogar. En esos momentos todo se me hacía cuesta arriba. Echaba de menos la comodidad de Gijón y a mi familia. Estaba agotada. Me apoyé en la pared y me dejé caer hasta sentarme en el suelo. Solo pensaba en dormir, pero no tenía ni siquiera una silla. Necesitaba ir a comprar un colchón hinchable y un juego de sábanas para pasar la primera noche. Exhausta, reposé la cabeza en la pared y cerré los ojos cinco minutos.

Los primeros días fueron agobiantes. Me los pasé entre idas y venidas a diferentes centros comerciales, buscando y comprando muebles y el resto de las cosas para la casa. También hubo visitas al hospital para completar y firmar los documentos burocráticos que necesitaba antes de empezar la residencia. Y por si esto no fuera suficiente, entre todas esas tareas estaba la de comprarse un coche. En aquella ciudad era vital tener uno, el transporte público no era ni eficiente ni seguro, y había un montón de lugares a los que solo se podía ir en coche. Sin tiempo para reflexionar y fruto de la necesidad, me terminé comprando un Nissan Altima del 2008, de color negro y con la pintura roída por el sol de Texas. Era un coche viejo y feo, pero al menos cumplía su función.

Entre todo ese estrés, se pasó la primera semana en Dallas y, curiosamente, me encontré echando de menos mi vida en Baltimore. Estaba lejos de parecerse a España o a Europa, pero se podía vivir sin coche y tenía un estilo de vida bastante más europeo. Intenté centrarme en el presente y en lo que tenía, dejando de comparar y anhelar lo que ya no tenía. ¿Acaso iba a estar siempre igual? Lo mismo me había pasado con Gijón. Tenía la mala costumbre de valorar las cosas una vez que ya se habían terminado o cambiado.

Entre las visitas a la universidad para firmar documentos, también asistí a reuniones orientativas. Aquel verano, en Medicina Interna, empezábamos sesenta y ocho residentes, y diez éramos de Neurología. A pesar de que eran residencias distintas, durante el primer año de Neurología rotábamos en su totalidad en el servicio de Medicina Interna y por eso nos juntaban.

La primera reunión fue una presentación en un salón de actos, seguida por un cóctel de bienvenida. Me sentía cohibida, pues no conocía a nadie. Me consideraba una persona abierta y social, pero cuando se trataba de grupos grandes, como ese, me costaba romper el hielo y no sabía muy bien a quién dirigirme o de qué temas hablar.

Para evitar los silencios incómodos, llegué apenas un minuto antes de que empezara la presentación y me senté en una de las filas de atrás, al lado de un chico rubio que no despegaba su mirada de la pantalla del móvil y que no se inmutó con mi presencia. La sala estaba llena de caras nuevas y todo era un poco abrumador. Durante aquella charla, el jefe y otros médicos del departamento nos dieron la bienvenida y nos desearon suerte. Aún me costaba creer que en menos de una semana me pondría la bata de residente y empezaría a tomar decisiones médicas. La responsabilidad me producía vértigo. Esperaba que los residentes más antiguos nos guiaran en el proceso y que los primeros días no fueran muy difíciles. Después de haberme dedicado tan de lleno a la investigación, me sentía como si hubiera olvidado todo lo que un día aprendí en la universidad.

Después de la presentación fuimos al cóctel, que tenía lugar en la cafetería de la universidad. Ya por el camino se formaron pequeños grupos. Muchos de los residentes hablaban y reían despreocupados y, por su aparente naturalidad, parecía que se conocían entre ellos de antes. Yo me sentía perdida y no sabía muy bien con quién hablar. Me fui directa a por un cóctel, deseando que por el camino alguien iniciara una conversación conmigo.

Mientras esperaba a que me sirviera el camarero, una chica se acercó a hablar conmigo. Suspiré aliviada. Se llamaba Tanya y también empezaba la residencia de Neurología. Sonreía sin parar y hablaba muy rápido. Me invitó a unirme a un grupo de residentes. Todos eran americanos, la mayoría de Texas. Curiosamente, casi todos llevaban un anillo de compromiso e incluso alguno ya había tenido algún hijo y compartía orgulloso las fotos de su familia. Sabía que el sur de Estados Unidos era conservador, pero no me había imaginado que fueran tan convencionales. Aquello me sorprendió. Todos éramos de una edad parecida, pero, en cambio, vivíamos en épocas vitales muy diferentes. Entre eso y mi acento, me sentí fuera de lugar, ajena a todos. Por unos momentos, pensé que quizás me había equivocado de sitio. Intenté abrir la mente y cambiar de perspectiva. Apenas los conocía, no quería juzgarlos tan rápido. Su situación civil no tenía por qué condicionar nuestras interacciones. Al fin y al cabo, todos estábamos allí para convertirnos en médicos especialistas.

Sin tiempo para descansar, llegó el 30 de junio. Aquella era la última tarde antes de empezar la residencia, y entré en pánico. La inseguridad volvió a apoderarse de mí. Me agobié al pensar que quizás no estaría a la altura de mis compañeros. En busca de consejo, hablé con Sofía que ya era residente de segundo año y había pasado por esa situación. Le envié un mensaje y terminamos hablando por teléfono un par de horas, durante las que me tranquilizó y me dio consejos para sobrevivir a los primeros días.

—Entiendo tu preocupación, es normal —me dijo con voz calmada—. No te voy a mentir diciéndote que va a ser sencillo. Sentirás que no sabes nada en más de una ocasión, pero no te olvides de que si has sido capaz de llegar hasta dónde estás hoy, eres capaz de cualquier cosa.

—Gracias, corazón. Intentaré pensar así, pero siento que ya no sé ni hacer una historia clínica y evaluar al paciente.

—Eso es lo de menos. Después de un par de veces, verás que todo fluye mejor. Ahora te envío un correo electrónico con trucos para las historias clínicas. Si sigues este sistema, no tendrás ninguna dificultad —continuó tranquilizándome—. Es todo muy sistemático.

—Muchas gracias, de verdad. —Sus palabras me resultaban de gran ayuda.

—¡De nada! Además, siempre vas a tener a residentes mayores que te guíen en el proceso. ¡Todo va a salir genial!

Durante un rato largo seguimos hablando de la residencia para luego pasar a otros temas no relacionados con la medicina. Nos pusimos al día de lo que había pasado desde la última vez que nos habíamos visto en Chicago. Sofía se guardaba una sorpresa para el final.

—Lola, por cierto, te tengo que contar una cosa. Aún no lo sabe mucha gente, pero bueno… ¡Ya es oficial!

—¿El qué es oficial? —pregunté llena de curiosidad

—¡Me caso! Mike me pidió matrimonio el fin de semana pasado.

—¡Enhorabuena! ¡Pero a que esperabas para contármelo! Y nosotras aquí, hablando de estupideces… ¡Me alegro mucho!

—¡Gracias, linda! —Rebosaba alegría—. Tenemos pensado casarnos en San Diego en mayo del año que viene. Ya sé que con la residencia es difícil, pero me encantaría que pudieras venir. A pesar de la distancia te considero una buena amiga y te tengo mucho cariño.

—¡Claro! Me encantaría compartir un día tan especial contigo y tu familia. Si mi horario me lo permite, allí estaré.

Después de colgar, pensé a quién invitaría a la boda y sí conocería a alguno de los invitados. La posibilidad de que Yazid acudiese se cruzó por mi cabeza, pero desestimé la idea. Lo más seguro era que estuviera trabajando en Oriente Medio y no tuviera tiempo para algo así. Tampoco me importaba. Él ya no formaba parte de mi vida y hacía más de un año que no hablábamos. Habíamos elegido caminos distintos y, aunque no fuera el que habíamos soñado juntos, era la realidad. Borré ese pensamiento rápido de mi mente, preparé las cosas para el día siguiente y me fui a dormir.

Mentiría si dijera que el principio de la residencia fue fácil. Cada día era un reto y cada paciente, un enigma. Aunque nunca lo hice, muchos días fantaseaba con salir corriendo y, lejos de allí, fingir que nada había ocurrido. El sistema sanitario de Estados Unidos era completamente distinto al español y tenía la sensación de que estaba aprendiendo a ser estudiante de Medicina y médico residente a la vez. Además, haber sido investigadora durante los dos últimos años, me había alejado de la Medicina General y eso lo complicaba todo. Se me habían olvidado más cosas de las que imaginaba.

Un día normal en el hospital empezaba alrededor de las seis de la mañana. Cada uno de los residentes de primer año teníamos asignados pacientes. Nada más llegar, debíamos revisar sus constantes vitales y pruebas de laboratorio, examinarlos y establecer un plan de tratamiento. Todo tenía que estar listo a las nueve que era cuando llegaba el médico adjunto. Después, repasábamos la información y hablábamos del plan para, finalmente, pasar la planta todos juntos.

Para mí lo más difícil era presentar la información de manera ordenada durante las rondas con el adjunto. Me ponía nerviosa y tendía a saltarme cosas importantes o a perder el hilo de lo que decía. Por suerte, había estudiantes de Medicina rotando con nosotros. Como parte de sus prácticas, presentaban uno o dos pacientes, por lo cual yo no tenía que hacerlo y eso facilitaba mucho mis mañanas. Escuchaba atentamente sus presentaciones e intentaba imitar su estilo y manera de comunicarse.

Los primeros seis meses de residencia pasaron en esa carrera continua por aprender cómo funcionaba el sistema y cómo ejercer la medicina. Nuestras rotaciones eran en tres hospitales distintos y, aunque en un principio me había parecido bueno cambiar de uno a otro y conocer distintos ambientes, ahora lo veía como una desventaja. Cuando me acostumbraba al ritmo de trabajo y a las enfermeras de un hospital, terminaba la rotación y me iba a otro de los dos.

Trabajé en un sinfín de subespecialidades: Medicina Interna, UCI, Cardiología, Nefrología... La curva de aprendizaje fue exponencial, pero apenas tenía tiempo libre y me sentía absorbida. Todos los días parecían iguales y me olvidé del concepto de fin de semana. Había sábados y domingos que salía del hospital a las siete de la tarde. Solo sabía que no era un día laboral cuando pasaba por delante de la piscina de mi apartamento, que estaba llena de gente divirtiéndose y bebiendo. Sentía que me estaba perdiendo la vida y cada mes estaba más agotada que el anterior.

Soñaba con tener vacaciones y las primeras llegaron en febrero. Un mes extraño, pero no había podido elegir las fechas. Tenía que conformarme con apenas siete días en mitad del invierno. Si iba a Gijón, perdería demasiado tiempo en el viaje. Además, con los días fríos y lluviosos, todo el mundo estaría inmerso en la rutina. Apenas disfrutaría de mi tiempo allí, tenía que encontrar una opción mejor.

Tras pensarlo durante varios días, decidí no ir a España y hacer turismo en un país de Latinoamérica. Lo tenía en mi lista de planes pendientes y ese era el momento perfecto. Leí varios foros de viajes y finalmente elegí Costa Rica: estaba cerca, era un paraíso natural y tenía fama de ser uno de los países más seguros de Centroamérica. Ninguna amiga pudo venirse conmigo, pero la idea de viajar sola no me importaba. Después de todo, mi vida en Estados Unidos era un continuo viaje en solitario.

No le di más vueltas y me compré un billete a San José. Como destino final elegí Puerto Viejo. Un pueblo costero, en el sur del país, bañado por las aguas cristalinas del mar Caribe.

26

26 de febrero de 2019

San José, Costa Rica.

Aterrizamos alrededor de las once de la mañana. Tan pronto como el avión se paró, el pasillo se llenó de viajeros inquietos. Impacientes, abrieron los compartimentos superiores y cogieron su equipaje. Tenían ganas de llegar y disfrutar de aquel país, no había tiempo que perder. La azafata abrió la puerta del avión y los pasajeros salieron con prisas. Yo estaba en una de las filas del final y fui de las últimas en salir. En vez de una pasarela conectando con la terminal, me encontré con unas escaleras metálicas y estrechas que bajaban a la pista.

Nada más cruzar la puerta, un calor húmedo me golpeó en la cara. Era un aire pesado y abrumador, me costaba avanzar. Entre las nubes, se colaban los rayos de sol y reflejaban en los charcos que había por toda la pista. Parecía que había estado lloviendo hasta hacía poco. Olía a tierra mojada.

Seguí las flechas pintadas en el suelo hasta llegar a la terminal y suspiré de alivio al sentir el viento frío del aire acondicionado. Me iba a costar acostumbrarme a ese calor. En la entrada había un cartel enorme que tenía escrito «Pura Vida». Aquella era una expresión característica de Costa Rica y significaba varias cosas. Se podía usar para saludar y también para contestar «muy bien» a cuando alguien te preguntaba qué tal estabas. Pero esa expresión guardaba un significado mucho más profundo y también definía la filosofía de vida costarricense o tica. En esas dos palabras, «Pura vida», se combinaban las ideas del bienestar pleno, el arte del buen vivir y la postura de lo sencillo y natural. Me parecía una expresión muy sabia que reflejaba una mentalidad completamente opuesta a la sociedad americana y capitalista.

Muchos recién llegados paraban a hacerse una foto en ese cartel, pero yo solo pensaba en llegar a Puerto Viejo y continué sin pararme. Después de pasar la aduana, salí de la terminal en busca del minibús que había contratado para que me llevase a mi destino. Me imaginaba que la zona de transportes sería un lugar organizado, con indicaciones y carteles. En cambio, me encontré un caos de turistas atravesados con su equipaje y taxistas incansables que ofrecían sus servicios a cualquiera que se cruzaba en su camino. Por si fuera poco, los chóferes de las diferentes empresas privadas gritaban nombres de viajeros que seguían sin identificarse. Allí era imposible enterarse de nada. Tuve que dar varias vueltas, abriéndome espacio con la mochila, hasta encontrar al chofer del minibús. Por fin lo encontré. Era un chico que iba con un chaleco azul que tenía escrito «Viajes paraíso» en la espalda, la empresa que había contratado. Aliviada, caminé con prisa hacia él y diez minutos después estábamos en marcha.

El viaje a Puerto Viejo fue más largo de lo esperado y duró unas siete horas que se hicieron eternas. No había autopista y cada poco teníamos que ir parando por culpa de las obras de la carretera y de los camiones. Cruzamos pueblos humildes y bosques de palmeras. Llovió y salió el sol varias veces hasta que se hizo de noche. Cuando el sueño empezaba a pesarme en los párpados, el conductor indicó que estábamos a punto de llegar y que iba a ir parando en los diferentes hoteles.

La carretera era estrecha y estaba rodeada de árboles frondosos. No había iluminación y apenas se veía nada, solo las siluetas de las ramas. No había ningún atisbo de civilización. Cualquiera diría que estábamos perdidos.

Minutos después, tomamos un giro a la izquierda y el paisaje empezó a abrirse. Ahora, el autobús bordeaba la costa. La luna casi llena se reflejaba en las olas y dejaba entrever la belleza de aquel lugar. Al fondo se veía Puerto Viejo.

El minibús se fue vaciando a medida que recorríamos el pueblo e íbamos parando. Este todavía guardaba su esencia de pueblo costero y parecía bastante pequeño. Se veían hoteles y restaurantes con terrazas, pero aun así la mayoría de las construcciones eran sencillas y humildes, con un máximo de tres pisos de altura. Muchos caminos estaban sin asfaltar. Tampoco había aceras y la gente caminaba por la orilla de la carretera.

Salimos de la zona urbana y otra vez la carretera se volvió oscura. Me empezaba a preocupar que el conductor se hubiera olvidado de mí cuando el autobús se detuvo. Había llegado a mi destino. Por fin. Me bajé rápidamente.

El hostal se llamaba Selina y estaba al otro lado de la carretera. La crucé con cuidado y entré por una puerta de madera. Había un aparcamiento con bicicletas y un par de coches. Se escuchaba a los grillos cantar. Seguí un camino de piedras hasta encontrar la recepción.

Me recibió una chica con una sonrisa, la piel dorada por el sol y acento argentino. Era muy simpática y no tardó en contarme su historia. Se llamaba María y había ido a Puerto Viejo con la idea de pasar una semana de vacaciones. En cambio, se había enamorado de aquel sitio y había decidido convertirlo en su nuevo hogar. Ya llevaba allí tres años. Por unos instantes, envidié esa flexibilidad y libertad que tenía en su vida.

Hablamos un rato de su experiencia en Puerto Viejo y me recomendó varias playas y lugares de interés. Insistió en que alquilara una bicicleta para moverme. Me dio un collar con las llaves del hotel y me llevó a mi habitación en el piso de arriba. Por el camino me mostró dónde estaban los baños, que eran compartidos, y el bar del hostal. Se escuchaba música *reggae* y tenía buen ambiente. Me hubiera gustado tomarme una copa, pero estaba agotada. Después de darme una ducha caliente, me fui a dormir. Caí rendida en apenas unos minutos.

Amanecí sin despertador, con la luz de la mañana. Hacía calor y el ambiente estaba cargado. La habitación era realmente pequeña y no tenía aire acondicionado. Desde la cama, me estiré para abrir la ventana y, perezosa, me volví a tumbar. Se escuchaban a los pájaros y el murmullo del bar y de los platos del desayuno. Alargando el momento de levantarme, alcancé el móvil. Me distraje revisando los últimos mensajes y también me perdí en Facebook y demás páginas de contenido vacío.

A las nueve, los ruidos de mi estómago me recordaron que aún no había desayunado. Me levanté de la cama y me vestí en el poco espacio que había entre esta y la pared. Preparé el bolso de playa con poco más que una toalla, crema y un libro y bajé a recepción. Allí estaba María, la chica argentina de la noche anterior. Tenía la cara fresca y sonrió al verme.

—¡Buenos días, linda! —exclamó llena de energía.

—¡Pura vida! —Intenté responderle con la misma energía— . ¿Os quedan bicicletas para alquilar?

—¡Claro! Son cinco dólares al día. Por seguridad tienes que traerla antes del atardecer.

—Sin problema. ¡Muchas gracias! Por cierto… ¿Qué playa me recomendaste ayer? No me acuerdo del nombre.

—Playa Uva. Es mi favorita y está como a quince minutos en bicicleta en dirección opuesta al pueblo. Y si no has desayunado, a unos cinco minutos, de camino, hay una cafetería que está en un árbol. Es muy chévere.

—¡Me has leído el pensamiento! Muchas gracias otra vez.

—¡A la orden!

Cogí la bicicleta y me despedí con otra sonrisa. El paseo en bici fue una experiencia en sí misma. La carretera era completamente llana y sin baches. Había palmeras y árboles a sus laterales. Eran de un color verde rabioso y tenían hojas de formas que nunca había visto. Apenas había tráfico y casi todo eran ciclistas que me sonreían al pasar.

Después de desayunar y tomarme un café, continué mi camino hacia Punta Uva. Seguí por aquella carretera de ensueño hasta encontrarme con un cartel que indicaba el desvío a la playa. Recorrí un camino sin asfaltar hasta la costa. La arena era blanca y el mar de un color azul turquesa. Corría una brisa marina suave, muy agradable. Había varias bicicletas atadas a las palmeras y casi no había gente. Le puse el candado a la mía. Después del paseo en bicicleta estaba acalorada y la arena ardía, así que me fui casi directa al agua. Remojé los pies, tenía una temperatura perfecta. De seguido, me zambullí en ella. Perdí la noción del tiempo, mecida por las olas, y disfruté de aquel mar de las portadas de las revistas de las agencias de viaje.

El sol del Caribe era abrasador y dentro del agua no me di cuenta de que me estaba quemando. A los pocos minutos de salir, mi piel empezó a enrojecerse. Que se hubiera puesto roja tan pronto me preocupó. Si me quemaba en España, solía notarlo al final del día y entendí que esta vez la quemadura iba a ser muy dolorosa. En el fondo de mi mente escuché la voz de mi hermana diciéndome: «¡Nunca te pones la suficiente crema!». Y es que no me había echado nada. Olvidé que estaba muy cerca del ecuador y allí el sol era mucho más fuerte. Aprendí la lección por las malas. Tenía que protegerme en la sombra cuanto antes, tenía que regresar.

En cuanto me sequé un poco, me fui de la playa y llegué al hostal a la hora de comer. Después de pasar por mi habitación y cambiarme de ropa, me refugié en la sombra del bar. Pensaba comer algo y después quedarme allí a leer toda la tarde.

El local era un espacio abierto, con decoración caribeña y suelo de madera. Los ventiladores del techo refrescaban el ambiente con una suave brisa, y la música relajante invitaba a quedarse. Agradecí que estuviera abierto todo el día. Me acomodé en uno de los sillones. El camarero, un chico alto y moreno, no tardó en venir.

—¡Pura vida! ¿Qué quiere tomar? —preguntó con una sonrisa perfecta donde destacaban sus labios gruesos.

—¡Hola! —sonreí—. ¿Me puedes poner una cerveza y una hamburguesa con patatas? —Era muy atractivo. Me puse nerviosa sin entender muy bien el porqué.

—¡A la orden! —Sonrió una vez más.

Me llamó la atención que me sostuviera la mirada. Intenté no darle importancia y pensar que así era su cultura y que simplemente estaba siendo educado. Llevaba demasiados meses soltera y la soledad a veces distorsionaba mi realidad. Solía a ver cosas donde no las había. Apenas cinco minutos después, el camarero regresó con la cerveza:

—Por cierto, tengo una pregunta —dijo, sosteniéndome la mirada otra vez—. No consigo adivinar… ¿De dónde es su acento?

——De Asturias, del norte de España. —Sonreí tímida. Me ardía la cara. Esperaba no haberme puesto aún más roja— ¿Tú eres de aquí?

—¿La princesa de Asturias? —preguntó burlón—. Yo soy de San José, pero me vine acá a trabajar hace un par de años. Bonito lugar, ¿verdad?

—Sí, es precioso, aunque es una pena que me haya quemado ya el primer día... —Señalé mis brazos.

—La verdad es que está muy roja... Acá el sol es muy fuerte, sobre todo si no está acostumbrada. Compre aloe vera y se lo pone en la piel. La venden en la farmacia del pueblo —detalló—. ¡Bueno, que me despisto! Ya regreso con la comida.

Con la misma espontaneidad, volvió a la barra. Lo vi alejarse. Me quedé intrigada y pensando lo mucho que me gustaría saber más de él. Lo miré de reojo mientras trabajaba, era realmente atractivo. Volvió a los diez minutos.

—Aquí está la hamburguesa. Eligió lo mejor de la carta.

—¡Gracias! —Me comí, impaciente, una patata frita.

—¡Con gusto! —Hizo el gesto de girarse, pero de repente se paró—. Por cierto, estaba pensando... —Se quedó en silencio unos instantes mientras volvía a mirarme fijamente—Hoy termino a las seis, si vos quiere podemos dar un paseo en bicicleta y le enseño la zona.

—¡Vale! —contesté, intentando no mostrar demasiado entusiasmo—. Me quedaré aquí leyendo, tengo que huir del sol, ¡ya sabes!

—Perfecto. Por cierto, me llamo Matías. Encantado.

—¡Encantada! Yo me llamo Lola.

—Lola..., bonito nombre. ¡La veo luego!

Cogí un par de patatas fritas a la vez que reflexionaba en lo que acababa de pasar y en lo espontáneo que había sido todo.

Una parte de mí pensaba en el riesgo que corría al quedar con un completo desconocido, pero la otra se convencía de que no tenía nada de malo y que seguramente era un chico normal.

Aquel diálogo mental sobre si era una buena o mala idea quedar con el camarero duró lo que tardé en devorar la hamburguesa. ¿Qué podía pasar? La idea de que sucediera algo malo me pareció una paranoia. Necesitaba dejarme llevar un poco más en la vida. Le iba a dar una oportunidad a ese tal Matías. Después de todo, solo daríamos un paseo al atardecer...

27

El resto de la tarde me quedé en el bar del hostal, leyendo y huyendo del sol. De vez en cuando levantaba la vista del libro y miraba de reojo cómo trabajaba Matías. Tenía la piel oscura y era de complexión fuerte. Vestía un polo con el logo del hostal que marcaba su espalda y sus brazos. Cuanto más lo miraba, más ganas tenía de conocerlo.

A veces, me sorprendía mirándole, pero lejos de disimular, le sostenía la mirada. Él me seguía el juego y me respondía con un guiño. Quizás estuviera siendo un poco descarada, pero me divertía ese tonteo. Me preguntaba con cuántas viajeras solitarias antes que yo había hecho lo mismo. La verdad es que no me importaba.

Quedaba una media hora para que terminase su turno cuando se acercó a mi mesa.

—Una piña colada para la princesa de Asturias. Invita la casa —dijo a la vez que la dejaba en la mesa—. ¿La veo en la entrada en media hora?

—¡Gracias! No tenías porqué... —Sonreí mientras cogía el vaso para darle un sorbo—. Vale, te veo en la puerta.

—Perfecto. —Me devolvió la sonrisa.

Me bebí el coctel más rápido de lo normal. Estaba un poco nerviosa y necesitaba algo de alcohol para relajarme. Apuré el último trago, cerré el libro y fui a la habitación a cambiarme.

Nos encontramos en la entrada del hostal, donde las bicicletas. El sol estaba bajo en el cielo y aunque todavía hacía calor, ya no era tan pesado. La gente entraba y salía; llegaban viajeros con mochilas, solos o acompañados. Matías me sonrió y con un gesto me dijo que lo siguiera.

Nos fuimos en dirección opuesta al pueblo y, tras unos minutos por aquella carretera, Matías se metió por un camino estrecho y sin asfaltar que pasaba desapercibido. Sentí cierta inseguridad, nos estábamos alejando de las zonas concurridas y allí no podría pedir auxilio si pasaba algo. Decidí ignorar esos pensamientos y seguirle.

Aquel camino desembocaba en un pequeño mirador desde el que se veía la puesta de sol, cayendo en el mar. Las vistas eran preciosas.

—Es bonito, ¿verdad? —Sonreía—. Descubrí este sitio un día por casualidad.

—¡Me encanta! —Dejé la bicicleta apoyada en uno de los árboles y me asomé—. Gracias por traerme aquí.

Matías se sentó en una roca y me invitó a unirme a él. Estuvimos casi todo el tiempo sin hablar, disfrutando de las vistas. Los silencios no eran incómodos y me sentía tranquila en su compañía. No había nadie más en ese mirador. Los pocos que llegaban, se asomaban y, como si sintieran que rompían nuestra privacidad, se iban al poco de llegar.

Nos quedamos allí hasta que el sol terminó de esconderse. Empezaba a estar oscuro, teníamos que regresar. Hice un gesto para levantarme, pero Matías me agarró de la mano y me acercó hacia él para darme un beso. Habían pasado demasiados meses desde la última vez que me habían besado. Sus labios eran carnosos y suaves. Me perdí en su boca.

——Lola, Lola, Lola … —dijo—. Me quedaría horas acá con vos, pero se hace de noche y va a ser difícil regresar con las bicicletas por ese camino estrecho lleno de baches. Además, tienes que devolver tu bicicleta o María te va a decir algo.

—Si tienes razón —contesté aún volviendo sobre mí misma. Aquellos besos habían sido muy intensos. Matías habían despertado en mí un deseo que llevaba demasiado tiempo dormido.

—¿Vamos? —Se levantó de la roca y me dio la mano—. ¿venís a mi casa esta noche? Vivo a cinco minutos del hostal. El otro día vi una película española que me hizo mucha gracia. Me encantaría volver a verla con vos.

—Mmm, ¿a tu casa? No sé qué decir… —Lo miré fijamente, con una sonrisa de lado—. La verdad es que me has dejado con ganas de pasar más tiempo contigo. —Le besé el cuello, siguiéndole el juego.

—¡Y a mí también! Véngase, ya verá qué bien lo pasamos.

Regresamos al hostal e intercambiamos nuestros números de teléfono. Me dio la dirección de su casa y quedamos en vernos en un par de horas. Nos despedimos con un abrazo y un beso en la mejilla. Le vi alejarse con su bicicleta en dirección al pueblo.

Desde el primer momento entendí que aquella invitación escondía muchas más intenciones que las de ver una película, pero, yo era la primera interesada. Aquella era una oportunidad perfecta para dejarme llevar y disfrutar un poco. Estaba muy lejos de Dallas y asa aventura no tendría ninguna repercusión en mi vida. Sería un amor viajero, una experiencia más. Al fin y al cabo, era una mujer libre e independiente.

Antes de salir del hostal, escribí a Amaya y a Afsaneh para decirles a dónde iba. No valdría de mucho si pasaba algo, pero me hacía sentir más tranquila. Aún con cierta reserva, me subí en el taxi.

Matías vivía en una de las calles perpendiculares a la principal en la que estaban los restaurantes. Tenía la carretera sin asfaltar y las casas eran bastante humildes, de formas y colores dispares. Me esperaba sentado en las escaleras de la que parecía la entrada de su casa. Al verme sonrió y se acercó a abrir la puerta del taxi.

—Pensé que ya no vendría. —Me rodeó con su brazo para acercarme hacia él y darme un beso.

—Aquí estoy, pero no te creas que no me lo he pensado cien veces… En Baltimore tienen tu número de teléfono y tu dirección. Si pasa algo, ya saben a quién y dónde buscar —le dije bromeando, aunque había cierta verdad en esas palabras.

—Guapa, entiendo tu preocupación y hacés bien, pero conmigo vos no tenés que preocuparte. Ven... —Me agarró de la mano para que lo siguiera.

Subimos las escaleras de azulejo marrón. Su casa era un estudio pequeño y sencillo. Apenas tenía una cama y un armario de madera estropeado por el maltrato de los años. La única ventana que había estaba tapada con una manta de Bob Marley que funcionaba a modo de cortina. No había mucho más en ese apartamento. La cocina, si se pudiera llamar así, estaba en la terraza y solo tenía el frigorífico y el fregadero.

Me llamó la atención la naturalidad con la que actuaba Matías, como si no le importara en absoluto la apariencia y la simplicidad de su casa. Parecía que los ingresos del hostal no le daban para mucho, aunque también podría estar ahorrando todo lo posible para enviarle dinero a su familia en la capital. En ese momento me di cuenta de que realmente éramos dos desconocidos y que ni él ni yo sabíamos nada de la vida del otro. ¿Cuántos años tendría? ¿Cuáles eran sus *hobbies*? ¿Tenía hermanos? ¿O hijos? Quizás todo eso no importaba y era mejor no saberlo. Tal vez, lo importante era centrarnos en ese momento y simplemente disfrutar del tiempo juntos.

Matías fue a la terraza y trajo una botella de vino. Nos tumbamos en la cama y él apoyó el portátil encima de sus piernas. La película se llamaba *Toc*. No parecía muy famosa y nunca había escuchado hablar de ella, pero era divertida.

Estábamos muy cerca el uno del otro, pero sin tocarnos. Había mucha tensión entre los dos. Me moría de ganas de besarlo y decidí tomar la iniciativa. Le besé con timidez y me devolvió el beso. Se recostó para dejar el portátil en el suelo y me agarró para atraerme hacia él. De los besos, rápido pasamos a las caricias. Nos empezamos a quitar la ropa. Sus brazos y su torso marcados eran aún más atractivos sin camiseta. Tenía los ojos de un color verde magnético que no podía dejar de mirar.

Matías era un dios del placer. Aunque casi no me conocía, sabía dónde encontrarme. Tenía una facilidad sorprendente para saber en qué momento hacer cada cosa y cómo hacerla, parecía un profesional. Quizás fuera el gigoló del hostal. Seguramente, eso que hacía conmigo aquella noche ya lo había hecho con otras muchas en el pasado. Eso explicaría por qué se le daba tan bien, pero no me importaba. En esos momentos me daba igual ser la viajera de esa semana. De hecho, me alegraba que me hubiera elegido a mí.

Aquella noche me sentí libre y dueña de mi vida. Por fin salía del triángulo amoroso con Yazid y Daniel. Con Matías entendí que había un mundo por descubrir y que, en el momento menos esperado, podría conocer a alguien.

Nos quedamos dormidos hasta la mañana siguiente. Me despertó el canto de los pájaros y tardé varios minutos en orientarme y recordar lo que había pasado la noche anterior. Lo miraba y me costaba creer cómo habían sucedido las cosas, pero, a la vez, me sentía empoderada. Estaba descubriendo una parte de mí que no conocía. El haber dado rienda suelta a mi deseo había sido terapéutico.

Me hubiera quedado toda la mañana entre sus brazos, pero Matías tenía que ir a trabajar. En aquella especie de cocina minúscula que tenía en la terraza hizo unos huevos revueltos con pan. Apoyados en la encimera, mientras hablábamos de temas sin importancia con los pájaros de fondo, desayunamos. Regresamos al hostal en su bicicleta. Él pedaleaba de pies y yo, sentada en el asiento, me agarraba a su cintura. Íbamos haciendo equilibrios para no caernos, entre risas, cómo dos adolescentes.

Matías sacaba un lado de mí más relajado y alocado. Una parte que había reprimido por demasiado tiempo en la seriedad de mi entorno y mi vida en Estados Unidos.

Nos despedimos en la entrada del hostal con un beso. Él se fue al bar, yo a la habitación. Antes de regresar a la playa, dormí un par de horas. No había descansado bien y estaba muy cansada.

Puerto Viejo estaba superando mis expectativas con creces. A partir de esa noche, no volví a dormir sola. A pesar de que al principio Matías me hubiera parecido alguien de pocas palabras, era muy sociable y le encantaba hablar. Pronto descubrí que tenía amigos por todas las esquinas de ese pueblo, desde locales hasta turistas permanentes que iban camino de convertirse en locales. Algunos tenían historias muy interesantes, pero la mayoría huían de una vida con la que no estaban satisfechos. Una vez que descubrieron ese paraíso, no pudieron resistirse y terminaron abandonando las ciudades de las que venían para empezar una nueva vida allí. Se habían enamorado del mar, de la simplicidad de Puerto Viejo y de esa «pura vida». María, la de recepción, era el mejor ejemplo.

Aquellas experiencias me dieron una perspectiva distinta y me hicieron entender que una vida perfecta no era sinónimo de una vida estructurada. Que todos esos parámetros eran subjetivos y que, en muchas ocasiones, estaban impuestos por causas externas y no por nosotros mismos. Me imaginé como sería vivir permanentemente en aquel lugar. Por unos instantes tuve la tentación de unirme a ese tren y dejar atrás todas las dificultades de Dallas. Allí la vida era sencilla, las cosas materiales no tenían apenas presencia y en su día a día la naturaleza y las relaciones sociales tenía mucho más peso que el trabajo. Al final, todo es relativo y el ambiente en el que estamos influye en nuestros comportamientos más de lo que somos conscientes. En ese viaje me daba cuenta de que mi esencia se estaba perdiendo con las infinitas jornadas en el hospital.

Esa semana pasé todo el tiempo que pude con Matías. Sabía que una vez esos días se terminasen, nuestra historia también lo haría. Los aproveché al máximo. Cuando él no trabajaba, íbamos a la playa o a cualquier otro lugar. Por las noches dormíamos juntos, en su casa o en mi habitación.

Se me hizo imposible no cogerle cariño, pero no perdí el control de la situación. Intenté que nuestra relación no cruzara la línea que separa lo físico de lo sentimental. Esa vez era consciente de que pertenecíamos a mundos distintos. Lo más realista y sano era no crear expectativas ni hacer planes de futuro. Aquello que teníamos se quedaría solo en eso, en una aventura, no habría reencuentros. Después de mi experiencia con Yazid, aprendí que los amores y aventuras que ocurren viajando era mejor terminarlas cuando el viaje se terminaba. Sin promesas y sin llamadas de teléfono.

Regresé a Dallas llena de energía y de pura vida. Fue un viaje liberador en el que recuperé la confianza en mí misma y obtuve una perspectiva distinta de las cosas. También recordé que existía un mundo lleno de posibilidades y que estaban ahí fuera esperándome.

28

25 de mayo, 2019

San Diego, California, Estados Unidos.

Amanecí en la habitación de un hotel en el barrio de la Jolla, en una cama gigante con sábanas suaves y blancas. Sin alarma, después de diez horas de sueño. Había sido una semana muy larga y necesitaba recuperarme. Por suerte, no eran más de las nueve y aún me quedaban unas horas; la boda de Sofía y Mike no empezaba hasta las cinco. Quería aprovechar para explorar y, sobre todo, para ver el mar que tanto echaba de menos.

Sin dejarme llevar por la pereza, me levanté. Al abrir las cortinas, la luz del sol invadió la habitación. Hacía una mañana perfecta para dar un paseo. Me vestí rápido con lo primero que encontré: los *leggins* negros del día anterior y una camiseta ancha blanca. Con la cara lavada y el pelo recogido en una coleta, estaba lista.

Antes de dejar el hotel, siguiendo los hábitos americanos, cogí un café para llevar en la cafetería de este y me fui en dirección a la playa. El aire estaba limpio y la temperatura era perfecta. Se veían palmeras por todos lados. Apenas había tráfico y reinaba la tranquilidad.

De camino al mar, me crucé con caminantes matutinos, vecinos paseando a su perro y algún corredor. A todos se los veía muy felices. Observé las casas de ensueño que tenían y me imaginaba cómo sería vivir en un lugar así. Por algún motivo, aquel lugar me recordaba mucho a Somió, un barrio de Gijón. Los dos tenían ese aire exclusivo, alejados del centro de la ciudad y ubicados entre colinas, con casas unifamiliares rodeadas de árboles y coches de alta gama aparcados en la entrada.

La calle terminó en el paseo marítimo de la playa de La Jolla. Palmeras alineadas a la perfección se ondeaban con la brisa del mar y las gaviotas revoloteaban alrededor. Me quité las zapatillas de deporte y caminé por la arena fina hasta mojar los pies en el agua fría. Había surfistas cogiendo olas y, un poco más adentro, otros haciendo *stand-up paddle* surf.

Recorrí la playa por la orilla hasta llegar al Memorial Pier, un muelle que se adentraba en el mar. Me asomé a este y al final, había unos pescadores probando suerte con sus cañas. Me senté en un banco cerca de ellos y observé con curiosidad qué pescaban. Estuve allí durante un rato largo, pero no parecían tener suerte y de sus cañas solo salían algas enredadas. La verdad que para pescar uno debe tener paciencia y yo no la tenía. Lo que si tenía era hambre. Me rendí a verlos pescar algo y regresé por el mismo camino en busca de un lugar en el que comer.

Justo a la salida del paseo marítimo encontré un pequeño local que servía bocadillos, batidos y licuados de colores. Parecía uno de esos lugares que las famosas de Hollywood habían puesto de moda y que promovían una dieta *détox*. Había plantas colgando del techo y de la pared. Promovían un estilo de vida ecológico y todos los envases eran de cartón reciclado, incluyendo las pajitas. Me senté en una de las mesas que miraban a la calle y devoré un bocadillo de queso y pollo con tomate. Lo acompañé con un licuado verde que tenía manzana, pepino y espinacas, pero cuyo sabor me recordó a la hierba. Sin despistarme demasiado, en cuanto terminé de comer, me fui de regreso al hotel a prepararme. Aún faltaban tres horas para la boda, pero no quería andar a las carreras y llegar tarde. Mañana podría seguir explorando aquel lugar.

Prepararse para una boda era todo un ritual y este empezaba con un baño de espuma. Mientras se llenaba la bañera de agua, puse el último álbum de Dua Lipa y saqué el vestido de su funda. Revisé que no tuviera arrugas y le quité la etiqueta del precio, lo estrenaba esa misma noche. Era rojo, largo y vaporoso, atado al cuello y con la espalda y los hombros al descubierto. Siempre había querido tener un vestido cómo ese y tenía muchas ganas de ponérmelo. El baño estaba lleno de vapor y olía a vainilla. Me relajé entre pompas de jabón durante una media hora hasta que se me arrugaron las yemas de los dedos. Envuelta en una toalla blanca, me ondulé el pelo y me lo dejé suelto sobre los hombros. Para mi alivio, acerté dibujándome la raya del ojo a la primera y no tardé demasiado en maquillarme. Estaba casi lista. Me puse el vestido y lo combiné con unos pendientes dorados largos a juego con unas sandalias planas del mismo color. Sonreí al mirarme en el espejo, me gustaba el resultado.

La boda tenía lugar en el hotel d'Auberge, que estaba al norte, a las afueras de San Diego y que, por las fotos, parecía un lugar idílico para casarse. En el jardín del hotel, con vistas al mar, se celebraba la ceremonia y, en el mismo lugar, se servirían el cóctel y la cena. Sofía llevaba varios meses con los preparativos de la boda y sabía que todo sería perfecto. Según me había dicho unos días antes, seríamos unas cien personas, entre familiares y amigos. Le había contado mi preocupación por no conocer a casi nadie, pero me tranquilizó diciéndome que en ningún momento me sentiría apartada. Lo dijo con un tono misterioso que no supe interpretar. Decidí creerla y confiar, tendría que fluir con cualquier situación incómoda que se pudiera presentar.

El taxi me dejó en la entrada del hotel. Nada más cruzar la puerta entré en una recepción de suelos brillantes y lámparas lujosas llenas de luz. Era un espacio abierto, de techos altos. A la derecha había un arco que daba a uno de los salones; sonaba un piano. Se respiraba elegancia por cada esquina. Uno de los chicos de recepción me guio hasta el jardín donde tenía lugar la boda.

Aquel lugar era aún más bonito de lo que había imaginado. Todo estaba cuidado al detalle. El altar, situado frente al mar, estaba enmarcado por un arco de flores blancas que hacía juego con los lazos blancos que decoraban las sillas de los invitados. A un lado había un piano y un señor con un esmoquin, también blanco, tocaba una pieza que me recordó a la música de Debussy. Un compositor que mi padre solía escuchar cuando yo era pequeña. El sol se iba acercando al mar y la luz adquirió un tono anaranjado. Aquel era un lugar mágico para casarse.

Los novios aún no habían llegado, pero ya había invitados que esperaban con copas de vino y de champán en la mano, mientras hablaban y se saludan con afectividad. Reconocí por las fotos a los hermanos de Sofía y, con timidez, me presenté. Igual de sonrientes que ella, me saludaron y me presentaron a varios de sus familiares y amigos. Sentí su cercanía y supe que aquella iba a ser una buena noche. También reconocí a varios de los residentes y compañeros de hospital de Sofía, y me acerqué a saludarlos. Después de charlar un rato, di una vuelta por aquel jardín tan espectacular y me fui a por una copa de champán.

Mientras esperaba a que me sirviera el camarero, detrás de mí una voz muy familiar dijo mi nombre. Me giré y di un brinco al encontrarme a Yazid. Habían pasado más de dos años desde la última vez. Tenerlo delante después de tanto tiempo fue un *shock*.

—¡Lola! Pero qué sorpresa, ¿cómo estás? Sofía no me dijo venías —dijo con una sonrisa. Se acercó a darme un abrazo.

—¡Yazid! ¡Pero cuánto tiempo! —Disimulé mi cara de sorpresa y mi corazón se aceleró. Esperé que él no lo notase.

—Me alegro mucho de verte —dijo mientras me abrazaba.

—¡Y yo! La verdad es que no esperaba encontrarte por aquí. ¿Tú no estabas en Oriente Medio?

—Bueno, pues ya ves, aquí estoy. ¿Y dónde está tu novio? —me preguntó directamente.

—He venido sola —dejé en el aire la respuesta, tendría que insistir para saberla—. ¿Y tú? ¿Dónde están tus cuatro mujeres? —le pregunté en tono burlón. La verdad es que tenía curiosidad.

—Lola, no tengo ni una ni dos ni tres. —Su semblante se volvió serio por unos segundos—. Estoy soltero, ¿y tú? —insistió una vez más, sonriendo, aunque ya sabía la respuesta.

—Yo también sigo soltera. He estado centrada en otros asuntos. —Sonreí mirándole a los labios. Había tardado menos de cinco minutos en caer en su centro de gravedad.

Aquel reencuentro imprevisto fue como una colisión frontal y sentí la energía entre nosotros. Había sido completamente inesperado para los dos y el factor sorpresa dejaba al descubierto la tensión que seguía existiendo entre nosotros. Después de esos minutos inquisitivos, el ambiente se relajó y pasamos a una conversación menos directa, poniéndonos al día de nuestras vidas. Nuestras vidas seguían siendo muy diferentes.

Las cosas no habían cambiado demasiado para Yazid que seguía viajando con los negocios de su padre. Se había convertido en socio y ahora era dueño de parte de la empresa. Estaba teniendo mucho éxito y no echaba nada de menos la medicina. Se pasaba las semanas viajando, sobre todo por Oriente Medio, aunque también venía a Estados Unidos a cerrar tratos. Había coordinado varias reuniones en San Francisco y Los Ángeles para que le fuera rentable cruzarse medio globo y así poder venir a la boda. Por mi parte, le hablé de Dallas y de mi residencia de Neurología, de mis noches en vela en el hospital... No tenía muchas más novedades en mi vida que no fuera el trabajo. También hablamos de nuestras familias, de Amman, de Gijón... Pero en cambio, evitamos tocar el tema de nuestra relación. Los últimos días que pasamos juntos habían quedado muy atrás y ya no merecía la pena. Ya no éramos más que dos viejos conocidos.

A pesar del tiempo que llevábamos sin saber el uno del otro, la complicidad entre los dos seguía intacta y me podía haber quedado hablando con él horas y horas.

Yazid vestía un traje azul marino marcando su silueta, y debajo una camisa blanca con una corbata azul celeste. No había cambiado mucho, aunque sí se le notaba algo el paso del tiempo. Los últimos dos años habían sido difíciles para él y le habían salido algunas arrugas entre las cejas y debajo de los ojos. La línea del pelo había retrocedido unos centímetros y, aunque estaba escondida detrás de su barba, tenía la mandíbula más marcada. Había cambiado, pero seguía igual de atractivo que siempre, incluso más.

Me encontré mirándolo y recordando nuestros momentos de intimidad y deseé revivirlos con él. En todo ese tiempo de silencio, me había convencido de que Yazid había adoptado una posición neutral en mi mente. En cambio, me sorprendí al darme cuenta de que había sido un espejismo y que aún era vulnerable a su presencia. Su voz me erizaba la piel y su olor me transportaba al pasado. Estaba claro que no lo había olvidado.

Mientras hablábamos, la brisa del mar me despeinaba y, en uno de esos momentos, Yazid no dudó en apartarme un mechón de los labios, acariciándome la cara a la vez. Lo miré sorprendida y me devolvió una mirada juguetona. Era increíble cómo se podía dar marcha atrás en el tiempo tan rápido. Las emociones resurgían a medida que pasaba más tiempo con él. Una mezcla de anhelo y de rabia se iban apoderando de mí. Le guardaba cierto rencor, pero no podía negar la atracción que sentía por él.

Por fin llegó el novio que fue saludando a los invitados y empezaron a sentarse. Ninguno de los dos conocíamos a mucha gente y decidimos sentarnos juntos en la ceremonia. A ojos de los demás parecíamos una pareja más.

Minutos después, Sofía apareció en un coche antiguo de color negro brillante. Estaba increíble y destilaba felicidad. El pianista empezó a tocar la marcha nupcial. De la mano de su padre, recorrió aquel pequeño pasillo con pétalos de rosas rojas caídos en el suelo. De cerca estaba aún más guapa: llevaba un vestido blanco de encaje y el pelo recogido en un moño con un velo que le cubría la espalda. A medida que iba cruzando las filas de invitados, sonreía. Cuando nos vio sentados juntos, sonrió un poco más. Por un momento, pensé que ese reencuentro con Yazid había sido un plan calculado, pero desestimé la idea. Ella nunca había sabido nada de nuestra historia.

La ceremonia fue muy especial y los novios se dieron el sí quiero justo cuando el sol tocaba el mar. El resto de la noche estuvo llena de emociones y de palabras de cariño por parte de su familia y amigos más cercanos. Como si un imán invisible nos uniera, Yazid y yo no nos separamos en todo el tiempo. Disfrutamos de la boda, bailamos y reímos con los novios y con el resto de los invitados. Hubo momentos de complicidad entre nosotros, especialmente cuando bromeábamos con referencias al pasado o cuando nos aguantábamos la mirada mientras bailábamos una canción romántica. La tensión se acumuló durante toda la noche hasta que ni él ni yo pudimos seguir disimulando.

29

Eran las doce de la noche y se empezaba a percibir el final de la boda. La zona de baile se había ido vaciando poco a poco y muchos de los invitados ya se habían marchado. Llegaba el momento de despedirse de los recién casados y también de Yazid. Sentía que la noche se había esfumado sin darme cuenta y tenía la necesidad de pasar más tiempo con él. No estaba preparada para decirle adiós y quizás él tampoco, insistió en irse a la vez que yo. Nos despedimos juntos de los recién casados y de los que quedaban aún allí. Sofía no dijo nada, pero por cómo nos miraba, supe que ella también presentía que algo estaba a punto de pasar.

Uno al lado del otro, recorrimos el camino empedrado que unía el jardín de la boda con la recepción del hotel. Era estrecho y estaba rodeado de árboles y arbustos, con apenas unas linternas pequeñas iluminándolo. Se escuchaba el murmullo de la boda y la música a lo lejos. Yazid iba a mi lado sin tocarme, pero cuando doblamos la esquina y ya no nos podían ver, me rodeó con el brazo y me acercó hacia él:

—Lola, me gustaría pasar esta noche contigo. ¿Quieres venir a mi hotel? Me alojo en el barrio de La Jolla. —Tomó aire—. Siento que hemos perdido demasiado tiempo estos años y no quiero dejar pasar esta noche también.

—No sé qué decir… —Sonreí con timidez, haciéndome de rogar.

—Qué mal disimulas… —Soltó una risa nerviosa—. Si te mueres por estar conmigo y darme un beso. Lo he notado desde el primer momento en que nos hemos visto.

—No has perdido ni un poco de esa confianza en ti mismo, ¿verdad?

—¿Te vienes entonces?

—Si insistes… —contesté acercándome a él un poco más.

Era difícil disimular las ganas que tenía de continuar la noche con él. Me alegré de que se sintiera igual. Llevábamos mucho tiempo disimulando.

Veinticuatro horas antes me hubiera sido imposible imaginar aquella situación: primero encontrarme a Yazid en la boda de Sofía y luego, terminar en su hotel. Parecía que estaba en uno de mis mejores sueños, en un *déjà vu* al pasado.

Mantuvimos la compostura en el taxi todo lo que pudimos. Por unos momentos, Yazid empezó a acariciarme la pierna por debajo del vestido y subió peligrosamente por el muslo. Me estremecí al notar su mano, pero le detuve con vergüenza a que el taxista nos descubriese.

El trayecto se hizo eterno, pero por fin llegamos a su hotel. Estaba en primera línea de playa, a no más que unos bloques del mío. Subimos en el ascensor en silencio. Comiéndonos con la mirada, uno en frente del otro. Yazid se acercaba peligrosamente, me costaba resistirme. Sabía que una vez rozara sus labios, perdería la razón y el control del tiempo. Antes de que fuera demasiado tarde, le señalé la cámara de vigilancia con una sonrisa. Yazid se rio y me miró fijamente.

—Ya sabes que nos observan. —Solté una risa nerviosa.

—Menos mal que me lo has dicho, me muero de ganas por quitarte ese vestido. —Puso sus dedos en mis labios—. Te queda genial. Reconozco que cada vez que te miro, te veo más guapa.

—Yazid…

Caminamos por el pasillo de alfombra roja y luces indirectas hasta su habitación. Cerró la puerta y se quitó los zapatos y la americana. Acto seguido, me acercó hacia él y me envolvió en sus brazos mientras me besaba el cuello.

—Lola… echaba de menos tu olor, a ti… —susurró en voz baja. Sus manos bajaron con lentitud por mi espalda hasta encontrar la cremallera del vestido—. He soñado con este momento todas las noches desde aquella fría mañana de enero de 2017.

—Y yo… Aún no me creo que esté aquí contigo. Pensaba que no te volvería a ver —contesté mientras le desabrochaba los botones de la camisa y le mordía los labios.

Aquella noche fue un oasis en el desierto de nuestra relación. Regresamos al pasado, a ese lugar en el que se nos iban las horas queriéndonos, y olvidamos todo lo malo que un día existió entre los dos. El anhelo era mucho más fuerte que todo eso.

Nuestros cuerpos no atendían a la razón. Era algo que ni él ni yo podíamos controlar, una fuerza superior, un magnetismo. Perdimos el sentido desdibujando los límites entre su piel y la mía. Cómo sí el tiempo no hubiera borrado lo que sentíamos, nuestras emociones resurgieron de las cenizas.

Entre sus brazos entendí que el amor que sentía por él me acompañaría toda la vida. No importaba cuánto tiempo pasara o cuánto lleváramos sin vernos ni hablar. Yazid siempre sería mi Yazid. Mi *habibi*. Lo que sentía por él quizás fuera amor de verdad, pero para mí era una condena más que otra cosa. Podría saborear ese amor, pero a no ser que renunciara a mí misma, nunca podría tenerlo. Eso dolía más que el no haberlo conocido nunca.

Desnudos, entrelazados bajo las sábanas, nos despertamos al día siguiente. Parecía que Yazid llevaba un tiempo despierto y que le estaba dando vueltas a algo. Al verme despertar, no dudó en compartir sus pensamientos:

—Lola, te he echado tanto de menos… Ayer fue un regalo encontrarte. Quiero que sepas que no ha cambiado nada de lo que siento por ti —me susurró al oído mientras me acariciaba la espalda.

—Yo también te he echado de menos. —Me acerqué para darle un beso en el cuello—. Creí que te había olvidado, pero, ahora que estoy contigo, me doy cuenta de que lo único que he conseguido es acostumbrarme a estar sin ti.

—Amor —me estrechó entre sus brazos—, ¿por qué hemos complicado tanto las cosas? Quizás podríamos intentarlo otra vez, empezar desde cero.

Me quedé en silencio, con la mirada fija en el techo. Por unos instantes, sonó tentador. Me imaginé cómo sería despertarme junto a su sonrisa toda la vida. Fantaseé con la idea, con acostumbrarme a sus manos, a sus días, a ser su vida. Pero luego recordé que la realidad era otra y que los problemas que nos separaron seguían ahí. Era difícil aceptarlo, pero nuestros mundos eran demasiado distintos.

Sabía que cuando la embriaguez del amor y la pasión diera paso a la rutina, las diferencias irreconciliables volverían a la superficie. En ese momento, uno de los dos tendría que renunciar a sus convicciones para mantener la armonía y eso sería injusto. Yazid necesitaba a una mujer sencilla y religiosa que compartiera sus valores. A poder ser, que fuera sumisa. Con suerte, que no le importase compartirlo con otras mujeres y que quisiese dedicar su vida a tener y criar a sus hijos. En cambio, yo necesitaba a alguien que me apoyase en mis sueños y que entendiera que, aunque para mí la familia era importante, también lo era mi carrera. A mi lado, me hacía falta una pareja que me dejara crecer y desarrollarme, tanto personal como profesionalmente.

Y Yazid no era esa persona.

Me costó rechazar su proposición, pero era lo que tenía que hacer. Fue difícil renunciar al que en esos momentos era el amor de mi vida, pero respeté mis ideales y mis valores por encima de su amor. Nuestra historia se terminaría en San Diego. Los dos nos guardaríamos siempre en el corazón, y seguiríamos pensando en el otro con las lunas llenas.

Antes de regresar a mi hotel, necesitaba reflexionar en lo que había sucedido y me fui a la playa a dar un paseo. Llevaba el vestido rojo de la noche anterior y el maquillaje corrido, pero no me importó. Me senté en uno de los bancos del paseo marítimo y perdí la mirada en el horizonte.

En el cielo volaban dos aviones en direcciones contrarias. Por un momento, pensé que iban a chocar, pero no lo hicieron y cada uno siguió su camino. Aunque desde donde yo estaba parecía que los dos aviones estaban muy cerca, entre ellos había cientos de metros o incluso kilómetros de distancia. Y entonces pensé en nosotros y lo entendí todo. Nuestra historia, no había sido más que una ilusión óptica también. Entre Yazid y yo había una separación que ni él ni yo supimos nunca ver. A fin de cuentas, nuestros caminos no estaban destinados a juntarse.

A todos los que me acompañáis en este camino
que es la vida

GRACIAS